Xiron Poetry Club

伊沙诗集·卷三

蓝灯

伊沙 著

浙江文艺出版社
Zhejiang Literature & Art Publishing House

自序

去年误入微信中学同学圈，唯一正能量的收获是将我第一首诗的写作时间提前了四年，一位女同学晒出了我初中一年级十三岁时写的一首诗——没错，是我写的，再幼稚也是我写的！但是，提得再前，也只是加长了我的“习作期”时间。如此说来，我诗歌的“习作期”应该是1979年至1987年（竟然长达九年）。我以为，将“习作期”的“习作”拿给读者，对于一个成熟的诗人来说是极不道德的。所以，在此皇皇五卷本《伊沙诗集》中，你们将不会读到任何一首我在这个时期的“习作”，这九年只对我个人的成长有意义。

正如你们在我公开的文字中多次看到的那样，我将1988年以后称作我的“创作期”，这部五卷本《伊沙诗集》收录的便是我自 1988 年至 2016 年总共二十九年间创作的将近六千首长短诗作，短诗以诗选的面貌呈现，长诗尽可能地呈现。在过去的一个月里，我经历了一次繁浩、严苛、痛苦的海选，苦不堪言，终于编成这五卷自觉可以示人、可以交付时间的《伊沙诗集》。考虑到无限制超长诗《梦》既无法完整呈现，又不适宜做成一部精选本，便只好忍痛割爱了。

因此，我可以说，这五卷《伊沙诗集》加上已出和待出的三卷《梦》，便等于五十岁以前的伊沙诗歌。

在过去的一个月里，我一方面在苦选，一方面在疯写（创造了诗歌生涯里月写一百一十二首的最高纪录），心中充满了奢侈感与幸福感！充满了万千感慨与深深感恩！在上个世纪末，在我三十三岁那一年，得到过一次出版三卷本《伊沙作品集》（诗卷、散文随笔卷、中短篇小说卷各一卷）的良机；在新诗百年，在我五十岁这一年，又得到了出版五卷本《伊沙诗集》的良机，我怎能说我“命运多舛”？我怎能说我“文运不佳”？我又怎能说我“诗途多艰”？我再这么说的话是不是就太过矫情、太过浮浅了？

“你的命中总有意外！”——多年以前说这话的人正是这五卷本《伊沙诗集》的策划者与出版人沈浩波，由他创办的磨铁图书简直成了新世纪以来我最稳定的出版基地：我的长篇小说几乎全都由它出版，我编、我译的诗集也多在磨铁出版。这一次终于轮到我的诗了，一出就出五卷本！

众所周知，沈浩波是我一生的师弟、朋友、兄弟、战友、同道、知音，是中国当代最懂现代诗的少数几人之一，他不仅仅是卓越的诗人，并且是中国当代文化史上一位举足轻重的人物，在此小序中我只想说一句话：有浩波同行，我纵与千万人为敌，有何惧哉！得磨铁器重，这世界弃我如履，能奈我何！

每一次带有总结性质的编选，对于写作者自身来说都是一次洗礼与升华，何况是将自己半生心血与智慧精华全都抛出去的这一次，我此时此刻的感喟是：纵然这皇皇五卷中所呈现的作品不乏名作、佳作、力作，纵然这些诗作曾对近三十年的中国当代诗潮起到过推波助澜的作用，现在它们将褪去一切光环回到文本自身经受读者又一次的检验！

感谢多年以来不离不弃的亲爱的读者，尽管我深知在这世界上人口最多的国度里，你们只是一小撮儿！只是沧海一粟！但粟不是水分子！

我想告诉你们，即将把此五卷《伊沙诗集》交出去的感觉很怪很酷，是一种赤条条的感觉！五十岁将至，知天命之年需要的大概就是一次赤条条无牵挂的再出发！在这条绝不回头的诗途……

_伊沙_2016.04.05_于西安潇潇雨中

目录

001　蓝灯（节选）

043　诗之堡

060　铀

098　不止一次经历
你也曾经经历

100　草坪

101　西西里柠檬

103　卖报翁

105　现实勾起回忆

106　世界的角落

108　神迹

110　挑战

111　冬至

112　辋川

113　金丝峡传说

115　智慧
116　菩萨：觉悟的众生
121　红叶
122　送寒衣的妇人
124　因果
125　静电
127　悼小招
132　鬣狗的胃液
134　日本大地震
135　春
136　故地重游
138　关注
139　丹凤记
140　最好的发言
141　小舅子
143　老丈人
144　驱车向前
145　大足石刻
146　月光光
148　心境
149　蒸螃蟹
151　在古人画的地图上

152 大理的云
153 懂得
154 木棉花开
155 三只打火机
157 住在灵隐寺附近
158 二郎山记
159 曾国藩
160 罗浮山
161 三门岛
162 远方
164 白雪乌鸦
165 湿地
166 一个杀人犯在我脑瓜里呆了三天
168 台湾的灵魂
169 纸
170 高雄佛光山现场题诗
171 2013年3月11日晚11时
澳门皇都酒店1030房间内
174 即景
175 富豪区
176 宅男在家
178 全是坏人

179　二泉映月
181　在江油的饭局上
183　品位
185　眺望
186　诱因
188　关注
189　黑暗中的预言
190　张楚演唱会
191　腊八节
193　徐爷
195　话
196　课堂上
198　从日航新世纪酒店窗口望首都体育馆
200　人民
202　使馆区的黄昏
204　情人湖
205　德令哈
208　惭愧
209　飞越太平洋
211　在伯灵顿的森林中
212　异国小镇
214　落叶

215 旗帜
216 在美国再忆钟品
218 在天涯
219 与布考斯基同行
221 印象
223 致一位刚入美籍的华裔艺术家
225 回家
226 恶心欲吐之夜
227 若有所期
228 当儿子开始写诗
230 初入越南
231 在越南的夜空下
232 越南风景
233 在越南的东海边
234 节奏
235 听音乐会
236 维也纳乞丐
237 在匈牙利想起一位故人
239 世界的歌声
240 又见乡愁
242 捷克布尔诺
244 多瑙河之波

245 故乡的地铁
246 低调
247 可爱的诗人
249 同学少年
250 姥姥
251 书法双人展
252 母性
253 达·芬奇
254 绿豆颂
255 区别
256 在青海听我的首位英译者梅丹理先生讲述他当年初读我诗的故事
257 书法交流会
258 中国书法
259 哑剧
260 重回鲸鱼沟
262 带你去看我祖国的大好河山
263 与友相聚的时光
265 武汉记忆
267 谁陪你睡觉
268 上海的天空
269 霜降

270　没见过的榜样
271　雄鸡的灵魂
272　有人不愿看见的一幕
274　打车
276　信号
277　渊源
278　泰国狗
279　新加坡之诗
280　新加坡街头雕塑
281　南洋
282　吉隆坡云顶赌城联想
283　故事
284　包菜的味道
285　天涯海角
286　啤酒加咖啡
287　消化
289　经停贵阳
291　诗歌课
293　除夕
294　下跪
295　珠海追怀
297　兆示

298　炒细面
300　新诗百年祭
302　桥
303　续写家训
304　小党
306　老人院
307　球圣祭
308　道亦有别

蓝灯（节选）

——致西敏（SIMON PATTON）

如今时光重现：
我们的灵魂欢跃怡然，
上帝的羔羊来到伦敦居住
在英格兰葱绿悦目的亭院。

——[英] 威廉·布莱克

1

西敏，亲爱的朋友
近来我常常做梦
在梦乡之中重返伦敦
重返我们相聚的时光
梦中的人儿会飞
在泰晤士河的上空飞翔
飞到伦敦桥
桥的中间有面墙
一面用来涂鸦的大墙
梦中的我

飞凌半空中
手持喷诗筒
将本诗喷射其上……

2

还记得在奥尔德堡的时候
我说英伦的天气仿佛小孩的脸
说变就变一日三变

——此话并不全对
我们乘火车抵达伦敦的那天
这孩子就哇哇大哭了一整天

有了这场雨
伦敦就切入
我们想象中的伦敦了

如此说来天有情
这是为照顾两个异乡人
的心情而下的一场及时雨

走出散发着工业革命气息的火车站
傻傻地站立在陌生街头的大雨之中
一辆长着 1930 年代模样的出租车
戛然而止
停在面前
仿佛黑白老电影中的一个情节

3

你的爱妻如影随形
就像已经加入到
我们的旅行之中
她在南半球的澳洲
通过因特网
为我预订的旅馆
有着一个特有
英国味的名字
被你翻译成“郡”
我的翻译家
我想把它
叫作“郡馆”
可以吗?

4

我在内心的笔记薄上写下了：
“西敏来到西敏寺”

——在汉语里在中文中
这是不折不扣的一行诗

但如果译成英语或其他外语
它就会变得毫无诗意

看来有些诗意独属于母语
属于基因排列组合的奥秘

与某些人做得正好相反
越是走向世界

我越是不会丢弃
这类不可译的诗句

与母语的尊严无关
我是在捍卫写作的真理

5

一步踏入雄伟壮丽的
圣保罗大教堂

迎面看到的景象是
圣母玛利亚怀抱着

在入侵丹麦的战争中
命丧黄泉的两将军

一下子倒掉了
你我二人的胃口

猛然驻足
掉头而去

6

伦敦的教堂
太高太大

高得像宫殿

大得像国家

唯独不像教堂

7

隔着车水马龙的一条街

遥望大英图书馆

透过明净的落地窗看见

卡尔·马克思

还坐在那里苦读

还在用他的破皮鞋

磨损着人家的地板

我想问问这个徘徊在

欧洲大陆的幽灵

眼下的金融风暴

经济危机

是必然的吗

该如何办?

8

再一次撞见
大胡子卡尔
是在大名鼎鼎的
海德公园
他正在小径上
散步和思考
追随他的背影
顺着他的目光
望过去——
绿草如茵
浮云低垂
世界浓缩成风景画
目力所及
尽在掌握
很容易对人类前景
世界未来
轻下结论
做出预言

9

同样是在海德公园里
一对老夫少妻的背影
一直走在我的视线上
挥之不去
令我回想起
咱们刚刚出席过的
奥尔德堡诗歌节
老男人追求小女人的烦恼
成为英语世界的诗人们
一大趋之若鹜的热门选题
对此你颇为不屑
怎么办呢
偷懒的办法
是将之归咎给这个
不产大师的平庸时代
我的忠告是
诗歌终究不是英国
资产阶级花园里的下午茶

10

我的翻译家
你说奥尔德堡
标准的音译是“奥堡”

这就麻烦啦
因为伦敦标准的音译
就该是“蓝灯”
——多炫的名字啊

由此可见
人类的约定俗成中
包含着多少谬误和无趣
诗人与翻译家的使命
就是重新命名

11

格林威治是伦敦
——哦不

蓝灯的一个区

因此

这里是零时区

因此

当我在诸多瞬间

在大脑里

将现在的时间加八

就是在想家

想亲人朋友

顺带想念起

故乡和祖国

12

蓝灯的夜啊

静得让我睡不着

忽然听到

窗外有人在嚎叫

扑到窗前朝下看
但见一个酒鬼的

鬼魂正踉踉跄跄
横穿马路

空无一车的马路上
他显得那样孤独

妄图再被车辆压死一遍的
愿望未得满足

13

朋友
在奥堡
你对我说
他们听你讲话
都以为你是英国人
我听罢很高兴
因为你的朗诵标准啊

但是在蓝灯
一个开出租的老头
一耳朵就听出你是澳洲人
朋友
我一直想问
但又不好开口
一个澳洲人
面对这块驱逐了
祖辈的原住之地
究竟怀有怎样的心情?

14

望着蓝灯大街上
熙熙攘攘的人群
偶尔我会想到
正是他们的祖辈
用隆隆的炮声
轰开了古中国的
朱漆大门……
我现在不知道
应该怨恨他们
还是感激他们?

15

一个澳洲人在英国
看到的是古老的历史
一个中国人在英国
看到的是现代的文明
还有一大区别
你看见英国人没感觉
像见到亲戚一样烦
我则因陌生和差异而兴奋
是异种相见的正常反应

16

在黑压压的牛津街上
走过一个白衣胜雪的亚裔女孩
不知道是中国的还是日韩的
她实在是太了解英国的黑了
知道如何轻而易举地一枝独秀
东方人略带狡黠的小智慧
在她的小脑袋里暗自生辉

17

你陪我逛遍牛津街的所有商店
只为买到一双御寒的皮手套

我在北京的一个朋友刚刚做罢手术
留下其手是写诗写断的传说

18

在此琳琅满目的商业街上
甚少见到同胞的黄色面孔
在幽静的伦敦大学校园内
与我一样的面孔随处可见
这是否意味着
中国大有希望?

19

在风景中
我总是看到

人的存在
在白金汉宫前的马路上
我看见一队
白孩子与黑孩子
手拉着手
有说有笑
走过马路
正在表演的皇家军乐团
像是在为他们而表演
从一个武装到舌头的
大块头巡警的布话机里
传出的英语
我听懂了——
“注意！前面
走过来两个男人！”

20

在蓝灯塔下
一个亚裔女孩
忽然口吐中文

请我为其拍照

我本绅士
在英国土地上
做得自会更好
给人拍完照
还要请人家
到泰晤士河边
一起坐坐
喝杯咖啡

交谈之中了解到
她是中国大陆人
随其家庭
移民至匈牙利
现在布达佩斯大学学习
课业轻松
抽暇出来旅游

相谈甚欢
愉快分手
互道再见
你说你有点不解

她始终不肯讲她的中国来历
我则困惑于
一个正在读书的小女生
何以有飞来飞去的经济实力

于是乎
我便杜撰出一个贪官污吏
携款携妻携女潜逃出中国
隐居于东欧的故事
讲给你听
意在向你炫耀
在诗人的身份之外
我作为小说家的才情

21

北京奥运会一开
人人都会说“你好！”
全球掀起中文热
但是你说
他们可不是为了
翻译中国的诗歌

而是为跟中国人做生意
难怪咱们在泰晤士河的游船上
邂逅的两个芬兰姑娘
名片上都印有时髦的汉字

22

都说汉语
是世间最难学的语言
所以我认定
汉学家都是人类中
掌握语言的人精——

梅丹理可与他的两任
中国前妻（一中一台）
连续吵架数钟头
绝对不落下风
用的自是汉语
柯雷飞抵西安的第一顿饭
我请他吃羊肉泡馍
他当场便从女服务员的口中
学会了几句西安话

还有那个在西安工作过
至今尚未谋面的戴迈河
听说能跟卖烤羊肉串的小贩
用西安话砍价

西敏，现在轮到你来秀了
坐在中国城的粤菜馆里
你用粤语开始点菜
香港来的小妹妹
望着你这绿眼睛的老外
有点发傻
忘了应答
是的，你会讲粤语
因在香港工作过
但对正在播放的
软绵绵的粤语歌
却不屑一顾——你说：
“在中文歌里
我只喜欢崔健”

暗号对上了
灵魂又一次接上了头

23

还有更深的交流
真朋友自会互亮底牌

说起死亡
你说好在我们还有很长的日子

说起信仰
不信上帝的你说：我们还有诗！

24

说起社会主义
令我怀想起
同事中一位
坚定不移的
社会主义者
即便是在中国
如此之人
也已罕见

金融海啸爆发
他有点幸灾乐祸
说是要瞧
资本主义的笑话
“我早就知道
人类不能这样搞……”
听说我要来英国
他说：你给咱好好看看
资本主义如何崩盘!

此刻我在蓝灯
资本主义的老巢
还看不出
它要崩盘的迹象
何况现在要崩盘
也是大家一起崩
因为早就绑上了
同一条贼船

25

少谈点主义
多吃点中餐
尽管它远不地道

这没办法
就算这儿的老板
舍得付高薪
将最好的厨子
从中国聘请来
将正宗的调料
从中国空运来
但水质会成为
最后的阻碍
最后的问题
是水——
水质的水
水土的水
风水的水

这就是为什么
侨民文学或旅居诗人

到了这边只能越写越差的原因
即便是上个时代的摩罗诗人
不也已经沦为打磨玻璃纽扣的小工匠
特朗斯特罗姆说得好：
“厌倦了所有带来词的人，词并不是语言”
词是风干之物
语言则带有充足的水分
还有空气和阳光……
再好的中文也不能够脱离
庞大的汉语场而独立存在
这就是为什么
我怀揣的护照不受待见
护照上的国籍遭人歧视
但我仍会视其为命根子的原因

中国——我诗的护照丢不了！

26

在蓝灯的大街上
那些逆着车流
以机器人般僵硬的动作

执着跑步的人
在车缝之间
脚踩风火滑轮
出生入死的人们
被你称作“冒失鬼”
我感觉他们
都有那么一点仗人欺车
这里太把人当宝贝了
耳边想起莎剧台词
“人类是宇宙的精华
万物的灵长……”
到了中国
他们就不敢了

27

我左鼻孔中
北京奥运的烤鸭味
尚未散尽
我右鼻孔中
已经窜入了

蓝灯奥运的牛排味

那边将体育场
盖成钢铁之巢
将人民当作鸟
这边将体育场
盖成金属之碗
把人民当成饭

28

在海德——哦不
是肯辛顿公园里
我们看见了
冬日的玫瑰
（最后的玫瑰？）
有点卷边
仍然娇艳
亲爱的朋友
你能否告诉我
这是为什么

这种常常盛开在西方
诗歌中的花儿
一旦移植到汉诗中去
立马就会变成塑料花
假得要死

29

面对蓝灯的景物
我不止一次地想起
十多年前
一位明明是奔着远大前程
哭着喊着跑来
却诈称“流亡”到此的中国诗人
写下过诸多关于蓝灯的诗章
我发现他不论写什么都写得
满不是那么回事

问题出在哪儿呢？
他望着眼前的景物
还在拼命地想象

他之所谓“想象”
不过是想起了
他从前读过的书
他之写作不过是在抄书……

这就是中国式的“知识分子写作”

30

傍晚时分
我们走断了腿
还是找不到一家
富有本地特色的个性饭馆
除了星巴克
就是麦当劳
除了麦当劳
就是肯德基
还有一种更加简明扼要
直接就叫 EAT（吃）

最终我们走进一家匹萨店

（因你学生时代曾在匹萨店
打过工的情结使然）
坐定之后才发现
还是连锁的
全都连锁啦
全世界都连锁啦
你为照顾我这个四川生的鬼
顽固不化的味觉
所点的一块名叫“魔鬼”的
特辣型匹萨
竟然有着一丝平庸的甜……

我忽然品出了英语诗歌的问题

31

傍晚时分
酒吧爆满
饭馆冷清
蓝灯闪烁着
隐秘的激情

32

关关雎鸠
在河之洲
窈窕淑女
君子好逑
你在奥堡演讲时
本想叫我站起来
为观众朗诵这首诗
后来怎么又忘了？
同为男人
同为君子
我们忘了交流
英国妞长得不错
说话悦耳
气质高贵
你说是不是

33

站在泰晤士河边的码头上
航船人满为患

游船迟迟不来

一个黑人警察说：
一列火车在今晨出轨
上班族只好改行水路

令我一下子
想到了人类
当前的处境

34

金融风暴来了
经济危机到了
1929 年的大萧条
是否将会重现?
这泰晤士河里
是否还会被资本家
倒进牛奶

我们站在码头上

像两只在寒风中
瑟瑟发抖的落汤鸡
茫然不知所措

35

有一件事
像则笑话
与英国有关
若干年前
我老婆将一笔钱
交给一个炒股的小专家
专家说：放心吧
不出几年
给你儿子炒出一笔
出国留学的学费
老婆想送儿子
来的正是这英国

几年之中
那笔钱像大雪天里

滚雪球似的
越滚越大
越滚越大
到了今年
仿佛遭遇到
赤道上空的烈日
被突然晒化
连原形都未留下

36

朋友，有个真相
当着英国的友人
我不好意思说破
与大多数住在城市里的
中国人一样
我和妻子做了房奴
也就是房子的奴隶
用两人半生积蓄
买下一只大“耗子”
银行里几无存款

签证时便遇麻烦
事实是
我拿不出一份
大额的存单
来交给签证官审验
这才是事情的关键
这个世界不相信穷鬼

37

山雨欲来风满楼
今朝有酒今朝醉
朋友，在蓝灯的
这一堆老建筑中
我最喜欢大本钟
觉得它像大雁塔
庄敬自强
我自岿然不动
看过《三十九级台阶》吗
哦，没有
那是在中国的开放初年

我所看过的一部英国影片
从中初识大本钟
那不过是一部间谍片
我还通过一部侦探片
(《涉过愤怒之河》被译成
平庸的《追捕》)
见识了东京的银座
可不要小瞧这些娱乐片
对那一代“文革”中长大的
蒙昧的中国孩子来说
实施过文明的启蒙

38

老狄更斯笔下的伦敦
是我心中最初的蓝灯
雾都孤儿
孤星血泪
那个命揪我心的孩子
他的孙子
都已经不在人世了吧

他在遥远东方的同龄人
方才姗姗来迟
到达此地

39

吉人自有天相
从一场冰冷的冬雨
开始的蓝灯游
接下来赶上了
两个艳阳天
到处都是阳光
到处都是温暖
叫人感觉狄更斯
这位现实主义大师
竟然写得不像
或许原本就是
他那阴郁的笔调
只是来自于
他内心的阴郁?

40

莎士比亚圆形剧院正在重修
谢绝参观

幸好还有威廉·布莱克的墓碑
可供瞻仰

墓碑上赫然写着：
“这里躺着一个人的骨头和灵魂”

好一把骨头
好一颗灵魂

犹如镇物一般
压在我的心上

让我休得轻狂
让我心静如水

在布莱克生前不受待见的国度里
我们赢得的那一片掌声未免可疑

41

黑水流淌的泰晤士河
让你想起了你的家乡
布里斯班清澈的河流
在昆士兰大学有课的日子
你是坐着轮渡去上课的
你说那个感觉真好
所以你不开车
而我一个大陆之子
或者叫旱鸭子一只
实在是无河可念
所谓“八水绕长安”
不过是蒙尘的线装书里
所记载的一段美丽传说

42

泰晤士河上的夜行船
让我们见识了蓝灯
在夜里的妖娆美丽

此刻伦敦
真成蓝灯
如果不登临此船
我们只能领略它美的一半
这令我不免遗憾
我们没有买到
阿森纳 - 维根的球票
未能与大名鼎鼎
又臭名昭著的英格兰球迷
坐在一起看球——就等于
只了解了它的一半
没有去看一场火爆的摇滚演出
也只了解了它的一半
就留到不知何年何月的尔后吧
不知命中还有没有如此的机缘?

43

“我是谁?
这回冒充的是哪个王八蛋？”

以上这句
你读不懂
因我压根儿就想不起来
将一个典型中国式的
怪诞滑稽的笑话讲给你听
因你比谁都更加了解底细的
我在去年的荷兰之邀而起
当然，此次在英国
我也不曾真的扪心自问
(想都想不起来啊)
写在这里
只是为了向那些躲在暗处的
卑污的丑类
挑衅——

“我是谁?
这回冒充的是哪个王八蛋？”

44

离别突然降临
就在一周前

你接我的希思罗机场
我飞北京（转道西安）
你飞香港（转道布里斯班）
都是向着东方飞
都是飞向中国啊
在分手的时刻
我说出的话
不是我真正想说的
真正想说的
当时忽然忘记
现在重又想起——

我想对你说：西敏
我会把诗做得像中餐那样好吃
最地道最绝活的中餐
独此一家、别无分店、拒绝连锁

45

在格林威治的下午
走向希思罗的黄昏

望着“日不落帝国”的太阳
早早地没辙地落了下去
晚霞如大火点燃了漫天扯絮

在迷宫般的候机楼里
我有一段迷失
我有一段失忆
懵懵懂懂跟随一些奇形怪状的人
登上了一架飞行器

待它拔地凌空而起
我方才恢复了清醒
透过舷窗望出去
只见一只无形的泼墨之手
已经泼黑了天空和大地
我伸着脖子想再看一眼——

哦！蓝灯！蓝灯！
我确实看见了你
在黑暗的大地上变成了
一个又一个
神秘的麦田圈

令我惊出一头冷汗
猛一侧脸——

但见前座上的那一位
对着舷窗吐舌头扮鬼脸
丑陋得像个小鬼
我赶忙环顾四周
举座皆是这等鬼儿

“外星人！外星人！
我们这是飞向哪里去？”

2008

诗之堡

英格兰！醒来！醒来！醒来！
你的姐妹耶路撒冷在召唤！
你为何憔悴地睡死过去，
把她关在你古老城墙外边？
——[英]威廉·布莱克

1

黑夜提早降临
英格兰已经睡去
我这个东方飞来的异乡人
摸黑潜进了奥尔德堡小镇
驻足在卧着一头小白狮的
酒店门前

此处距海边
只有一百米远
但却什么都看不见
仿佛回到了童年的剧场

灯光渐暗
乐池之中乐声大奏
乐队在演奏革命的交响曲
我擅自离座趴到乐池边
偷偷朝里看——

耳边轰鸣着
什么也看不见

2

海鸥的叫声唤醒我
起床下地扑向窗棂
提起窗梁探出头去
却见一树乌鸦

要照西方的说法
这似乎暗示着某种凶兆?
没关系！我的行李中
还扑腾着一只北京的喜鹊
可以放飞出去……

正这样想着
白色的鸥群翩然而至
扇动结实有力的翅膀
驱散满树的乌鸦

3

在壮美的晨曦中
终见北海真面目
青灰的大海
海浪如铅块
男性的海洋
拒绝了漂亮

连海滩都被拍击成
粗砺的石子
不揉一粒沙子
海滩乃石滩
停泊着几条
废弃的渔船
更像是被拖上岸来的沉船
叫人无法避俗地想起命运

天空有日出的景观
却没有太阳的结果

4

甜点一般精致的小镇
童话般不够真实
更像是一个专为音乐与诗歌
虚拟出的网上的社区

我目睹一轮明月
在火烧般的晚霞中升起的奇观
纳闷着整个白天
很少看见人——无人谁来听诗?

街灯初上
只见人流清泉般汩汩冒出
从四个方向朝着一处奔流
我被冲刷着来到今晚朗诵的银禧大厅

5

来前我听到过一种说法：

在如今的地球之上
如果你在一处地方
能够同时见到五种以上的动物
并与之和平共处
就是抵达了天堂

我在银禧大厅朗诵的今晚
台下是与人同行的狗
越过院墙而来的猫
低头嚼草的牛羊
头上盘旋着海鸥、鸽子和乌鸦
松鼠也跳到了脚面上……

我为众生放声朗诵

6

热爱诗歌的人
都是我的亲人
懂得我诗的人
都是我的情人

灵魂间的
交流语言
不是英语
不是中文
而是诗歌
只是诗歌

7

我来自欧亚大陆的腹地
在我这个大陆之子眼里
拥有海洋是一种富有
兼有河流则成了
一种奢侈——

哦！上帝偏爱这里
奥尔德堡河像闪闪的银叉一样
叉在奥尔德堡这块金黄色的面包上

沿着河流上溯
终见两只白天鹅
鸳鸯一般

栖于水中
而在这时
与我同行的澳洲翻译家
正在讲述他与妻子的爱情——

他和她都希望自己能死在对方的前头

8

小镇居民
在镇中心
为狗塑像
却将音乐大师布里顿的
纪念钢雕请到了海滩上
令其面朝大海
汹涌澎湃
（什么“春暖花开”？）

9

迎面而来的陌生人

老熟人一般
热情地打招呼
从身后超越我的
跑步的少女
也不忘问候一声
吓了我一跳
请原谅一个
在斗争中长大的中国人
对于相敬如宾的不适应

10

当我在乡间小路上
天堂般的美景前
流连忘返之际
那个与我打过招呼
迎面擦肩而过的
端庄娴雅的中年女士
出现在当晚的银禧大厅
站在场地中央
为正在入场的老年观众
带路引座

11

在萨福克郡美丽的田园风光中
我神情恍惚地迷失了
来到四块相连在一起的足球场
绿草如茵绿得惊心
在这个淑女也在谈论足球的国度
我有一种隐秘在心的自惭形秽
我唯一能够做到的是
让它起于足球而止于诗歌

12

胖男孩（他应该叫汤姆）
与瘦男孩（他应该叫大卫）
在社区的路口相遇
面面相觑
茫然无措

几分钟后
在下一个路口
我又看见了他俩

大卫骑车
汤姆跑步

这里一定不是他们的天堂

13

小镇上唯一的书店里
有我热爱的三位诗人
威廉·布莱克
艾伦·金斯堡
查尔斯·布考斯基
不好意思
还有我自己的诗集
与大师摆放在一起

我幸福得差点叫出声来

14

小镇上唯一的中餐馆

从未见其开过门
像是为洗钱而开的那种
叫人联想起黑社会

15

晚餐前后的白狮酒店
变成了老年人俱乐部
那些有型有款有风度的
老绅士老淑女
真像是从十九世纪的英国小说
插图上走下来的人物
你给他们拉门
他们向你摘帽致敬
而在白天的乡间公路上
开快车的也是他们

16

我有三次进过教堂
却没有看见过一名神甫

第三次是在钟声敲响的时刻
它仍然空旷得令我心慌

17

我后来才得知，那阵钟声
是为战争中的死难者而鸣
他们的纪念碑
就高耸在滨海的小广场上
碑下摆放着几个花圈
碑顶栖落着一只鸽子
一个挣脱出母亲怀抱的小孩
张开嘴大口吃着海风
淌着鼻涕
指着它叫：“鸟！”

18

偶见米字旗迎风飘扬
方才意识到这座
夏天音乐冬天诗歌的

世外桃源
属于一个国家
并且是个王国
是需要签证官
盖下冰冷的钢印
方才能够抵达
在诗歌与诗歌之间
横亘着国家
从王国到王国——
天下乌鸦一般黑

19

走进教堂一侧的墓园
在林立的墓碑间
耸立着库克船长
（难道他是埋在这里？）

他就是奥尔德堡的灵魂吧?

不，不——这正是
一种要命的王国式思维

每块墓碑都有自己的名字
每块遗骨都有自己的灵魂

20

来时我吃掉了一条鱼
去时我划走了一只船
来时我怀揣着一卷诗
去时我带走了一本书
奥尔德堡
我只是你匆匆的过客
与所有命定孤独的诗人一样
到此投奔一个短暂的
温柔之乡
转瞬即逝
梦醒时看清前路
依旧是不堪的现实

21

除去北海的鱼

此处还盛产苹果酒

要一瓶来尝
不料却醉了

我对我的翻译家朋友说：
“在异国他乡，我没了酒量”

他说：“是的
你好像很容易醉。”

22

五天四夜
我还是没有学会
坐在电影布景般的街头
坐在露天咖啡座上
将透心凉的海风
像牛奶一样
搅进滚烫的咖啡中
然后再十分惬意地喝下去
这是一名过客

与本镇居民的最大区别

23

苏格兰高地来的诗人
未穿裙子
擅长吹奏
他像变戏法一般
变出了随身带来的所有乐器
逐个吹奏它们
都能吹出风笛的味道
将所有的曲子
都吹成了天籁般的《一路平安》
吹得落花有意流水无情
吹得感时花溅泪恨别鸟惊心
吹得执手相看泪眼竟无语凝噎
把离情吹成了爱情
把爱情吹成了伤情
“轻轻地我走了
正如我轻轻地来”
“在康桥的柔波里
我甘做一条水草”

吹得我在一瞬间

理解并原谅了

志摩的软

(在英国我老是想起他来

他那帅帅的样子极富尊严)

最终

吹落成离别时的一场

绵绵细雨

在加速离去的车中

雨刮器努力地工作着

刮着落在前窗的雨水

也刮着我眼镜片上的雾

2008

铀

铀：金属元素，符号U。银白色，有放射性，主要用于原子能工业，做核燃料。

——《现代汉语小词典》

诗是文字矿藏中的铀。

——严力

1

大劫过后艳阳高照
上帝送你一座岛

幸存者目光安详
仿佛正午的月光

将此热带的岛屿
照凉

2

他无知——不知道
“仰天大笑出门去”
本是一行入宫诗

只晓得：这是一粒
太白牌伟哥（made in tang）
吞下去殊为有效——

像一头领奖的狮子般雄起

3

锤子。剪刀。布

锤子
剪刀
布

锤子！

4

“读者是存在的”
他想
然后
对自己说：
“但读者是无形的”

5

朗诵
是诗人本能的欲望
是诗人的
本分与天职
是诗歌自己
长出的一条
明
亮
的
舌
头
让聋子也能听见

它的声音

难道这是可疑的吗?

6

民谣不是摇滚
爵士不是摇滚
迪斯科不是摇滚
慢摇滚软摇滚
还有那抒情的
流行的摇滚
统统不是摇滚
我所理解的摇滚
只能是重金属
发自于蓝领阶级的
狼嗥

7

什么“中间”?
我乃“中坚”!

8

评论家甲

有诗妻在家

以金屋藏焉

何以与诗俱进

何以公论天下

只能背着老婆到处飞

9

虱子

不必查验你的血型

从你跳高的姿势

我就能断定

你是从谁的裤裆里

蹦出来的

10

这厮
在阳光下
像鼻涕一样
甩过来
正中你下怀

11

某女戳在污泥里
小脸脏兮兮
我犹豫着
不知该不该
叫她一声：
“荷——花！”

12

你口口声声的“好诗”
究竟有多好?
好到灵魂里去了吗?

13

白痴
存在的意义在于
常常一语
暴露天机

14

我抱走了一个蛋
抱在怀中孵几年
孵出一只小鸡来
如此说来
这是一颗信仰的蛋

15

我的诗饿了
我把它们放出去
去吃别的诗

16

自杀者自杀前
为自己虚构了
一对双胞胎之子

他美滋滋告诉我的表情
还历历在目
如在昨日

你——还有你们
为什么要认定这是假的呢
这怎么就不是真的呢

你们还都是诗人呢

17

拖地板时发现
大可不必连拖两遍

啊！这是亡母遗留给
家庭的习惯

18

在真正的诗人面前
这些投机政治的小混混
不过是些脏娃娃
拖着两条鼻涕虫

19

有时候
流氓是可贵的
流氓是必要的
在所剩无几的流氓习气里

残存着此一温驯族群
最后的一点自由主义

20

我不吸毒
诗中不含兴奋剂
不过有那么一点点
尼古丁和咖啡因罢了

你从中感受到的 high[①]
全都来自于生命本体

21

有人问我：
这一生还能写出
几多好诗？

① high表示兴奋

在我看来
这不是一句发问
而是一声感召

22

书生爱提难度
其实最难写好的
正是这些太监
所没有的
情欲

23

有人劝伊沙别写诗了
说出了几代中国诗人的心声
但是可惜呀
吾是秦人一根筋耐久战

24

想肥则肥

想瘦则瘦

智者之智

首先体现于

能够掌控自己的身体

25

跳拉丁舞的女人

都那么性感

跳拉丁舞的男人

都那么鳖三

26

时间之水落

好诗之石出

27

自由是自找的

28

从安徽人想明朝
确实挺有感觉的

29

这厮把自己扮成畜牲
——非妈所生的玩意
——马生的

30

阴阳脸
空心人
鬼把戏

31

江湖自有诗人在
潮起潮落好风光
别扯什么
诗求诸野
真诗本来就在野

32

我想统计一下
在我所知道的诗人中
有多少中国作协会员
有多少中国共产党员
这有利于我更加
深入彻底地研究其诗

33

面前的人
像具尸体
开口说话

34

一个从不赞美
天下英雄豪杰
却在吹捧自己
山寨家丁的人
是怎样的
一个怂人
有着怎样的
一颗怂心

35

一百个胡适之
顶不上
一个周树人
天才永远是
文学的主人

36

你眼见着一个人

装嫩

装嫩

装嫩

装嫩

装嫩

一头扎回他娘的子宫

37

啊哟！这个蒙古汉子好豪爽

吃了我的酒

就骂我的娘

有一点必须指出：他是汉人

38

哪有那么多乱七八糟的

舌尖的感觉决定语言

39

我的老外婆

今晨病逝于上海

享年九十五岁

得到这个消息

一家人全都很平静

很像是信教的一家人

40

外婆去了

我在母亲遗像前

燃起一炷香

心里对她说：
“妈妈
你的妈妈
陪你去了
你们在一起
一定很快乐！”

41

是我的诗
带着我在飞啊
飞成一个诗人

42

走得太远了
远至看不到
飞得太高了
高至够不着

43

这是必要的洁癖：
趣味的
精神的
汉语的

44

这人啊再怎么折腾
都奔不出自己的命
命
决
定
诗

45

世纪末的冬天
在大连某宾馆

一个戴眼镜的诗人说：

“这个诗会开得太好啦
市长都亲自出面来接见我们啦
这个城市对诗歌真是太重视啦”

我当即便在心里
宣判了该诗人的死刑
其实他从来就没活过

46

有项“公约”说：
诗人必须认识二十四种以上的植物

我爹是动物学家
他认识好些植物学家

他们认识地球上所有的植物
但却一辈子与诗绝缘

47

你说“独孤求败”我不言语

48

踏雪前行
那晶莹剔透的美肤
那婀娜妖娆的丽姿
令你粗气直喘
欲火中烧

49

一串狗的蹄印
使雪原变得生趣盎然
一串人的足迹
却令你感到惶恐不安

50

在大雪天里
你对自己说
要写那样的诗

像雪花一样
融化在人心里

51

有一种很具欺骗性的伪诗
像一座建在远郊的植物园
枝繁叶茂郁郁葱葱
了无人迹不闻心跳

52

一个学佛的女人
在跟我讲经论道
她想向一名诗人
说明：佛大于诗
结果我诗的大水
冲了她的尼姑庵

53

有人说我写的是“日记体”
我说：可惜我不记日记
如果我记日记的话
你就会清楚地看出
二者有本质的不同
日记是恋爱
诗歌是做爱

54

我谈诗事
血流成河
白骨森森

55

羡慕你啊
守着老母过大年

此种幸福
我已经永远失去

56

有个上海老瘪三
自称心向青红帮
说喜欢动用黑社会
我好怕怕耶
差点被吓得
大小便失禁

57

冲冠一怒为红颜
惜乎汝非吴三桂
不过以头抢地尔

58

有那么一些半老不熟的东西
但凡碰上反对伊沙的年轻人
便在心中一声慨叹：
“生子当如是！
生女必嫁之！”

59

我当年
谪仙人
在长安

60

大师
不过是
沙龙里的
真皮沙发

61

祖上弃农已数代
这又有啥光荣的
害俺写不了乡土

62

伟大的诗篇早已写就
静静地躺在那里
没有伟大的读者

63

伟大的诗歌
会自己选择
配写它的人

64

那年月我在长安城头
张弓射出一支箭去
你们这帮孙子还不得
赶紧钻到床底下去
翻出一本老皇历
看看年号改没改

65

李白的耳朵是杜甫
李白的嘴巴是苏轼

李白的白发是屈原

66

你读完一首诗
一具木乃伊

咯咯咯地笑醒了

跳起来破口大骂

67

我写评论

中国诗坛有祸了

我写作品

中国诗歌有福了

68

诗事即国事

太监勿插嘴

都给我退下

69

在现代文学史的课堂上

老教授爱讲的林徽因

不是诗人

只是诗人的情人

她最好的作品

是国徽

70

此人一发言

就把自己摆放在

作协党组书记的

位置上

偶尔还客串一把

国务院发言人

71

勤奋？哪里哪里？

我只不过是个天才

72

忽然想到一个
貌似新左派的问题：
（是面对人想起的）
蒙古大草原
还有纯种马吗?

73

不是变得更加强悍
而是来得虚弱一点
如此一来
你就更无痕迹
他们也就更加
摸不着你

74

对你而言
门是我胯

75

面对汉诗之巅
小丑无端发急
犯不着急
跟你没关系

76

教五四文学
写当下诗歌
不骄傲自满
是不可能的
不想负责任
亦无可能性

77

秦地土著
喜欢自称为“哥”
那口气——

就像皇帝老儿
自称为“朕”

78

什么叫难度?
写成我这样
难于上青天
写成你那样
容易得像一

80

父亲看着电视评论道：
“这些新演员
演旧社会的人演不像
关键在于
他们没有那种气质！”

我想：那是民国的气质

79

完美即死亡
你开始感受到了
是多么的心慌

80

深圳某报开诗会
老虎下山抢名额
因为每个濒危动物
都要给个大红包
于是乎——
这个喜欢领奖的老虎
遂变成抢红包的老虎
它的胃口很大
多抢两个红包回去
还要给虎崽子们分

81

没有理所应当的事儿
没有当仁不让的理儿
没有舍我其谁的劲儿
更不会龇着獠牙去抢
这是因为啊
我打小就在不公平中长大
懂得感恩
感谢命运

82

我能容你
你不能容我
看起来
是我吃亏了
实际上
我把你吞掉了

83

人靓爹妈造
诗帅自己生

84

给你讲个故事：
“从前有个傻子
后来傻死了……”

85

现实的铁钩子
钩出了书生的红眼珠
他还在喊：“看不见
我啥都看不见！”

86

连头笨猪都知道
咬定灵魂不放松

87

我烦真理
更烦真理的私生子

88

中国人老了
就要练书法
修身养性
益寿延年
如果能卖出去几幅
那就更能多活几年

89

江湖是一颗心

90

在我这里
爱国不是主义
就像爱女人

91

大雪封山
一头冬眠中的小熊
私自遛出了山洞
跑到雪地上
手舞足蹈抓了狂
也抓了瞎——
因为害了雪盲

92

当你失去方向
不知何往
(仿佛置身在荒岛之上)
唯一正确的做法是——
(是一个特种兵教我的)
原地打坐
沉入内心
聚敛智慧
直捣诗核

2008

不止一次经历
你也曾经经历

在饭馆
吃完饭
抹着嘴
朝外走
看见在另一张
大桌边
厨工们
正忙里偷闲
抓紧时间
匆匆用餐
他们围着两样
再简单不过的
家常小菜
扒着米饭
却让我们感觉到
那比我们刚才
享用的
所谓大餐
所谓名菜

都要好吃
难免生怨
明明做生意
还要留一手

2010

草坪

这块绿色的草坪
有生命也有死亡

倒不是
停在上面的除草机
提醒着我们
草儿在疯长

是玉色蝴蝶
在翩翩起舞
一只将另一只
追逐

宛如一面绿色旗帜上
掠过两块纷飞的弹片

2010

西西里柠檬

我足球的初恋是鲍鱼肉丝
发生在情窦初开的年头
后经对马朵娜
刻骨铭心的移情别恋
萝卜丝芭蕉又将我拉了回来
浪子回头金不换
从此开始漫长的苦恋
苦苦厮守不离不弃
直至上届她正果修成
成为贵妇人
以后冠加冕

我是在说
地中海一样蓝的意大利队
在说多年以来
我浓得化不开的意大利情结
仿佛我在战靴般的亚平宁半岛
在足球般的西西里岛
真有一个意大利情人
这是一个乡巴佬

一个穷小子
出于过敏、自尊的
自动放弃悄然离开

时光荏苒
四年过去
这一年啊
在南非阴雨绵绵的冬天
我与老情人邂逅
我与之的关系吧
恰似一首情歌所唱：
“就当她是个老朋友啊
也让我心疼
也让我牵挂
只是我心中已不再有火花
让往事都随风去吧……”

犹似我初恋之年读过的小说
《西西里柠檬》

2010

卖报翁

卖报翁，租亭卖报闹市中
就在距我家最近的那座报亭
身为一名貌似闲人的“坐家”
我有我雷打不动的作息时间表
上午写作、中午午觉
待到下午出门散步时
才会光顾他的报亭
购买一张《体坛周报》
值此世界杯期间
我是屡屡买不着
次数多了我便向其抱怨：
“大爷，您老就不能多进几张吗？”
“多进？”他回答道：
“多进几张可就卖不掉喽！
亏得还不是我！”
我球迷的一根筋被触碰了
自以为聪明的给他支招：
“大爷，您看不看球？
您要是看球就好判断了
头一晚若有冷门大爆

第二天您就多进几张
西班牙和德国输了球
报纸是不是就好卖些？”
“那倒是。那两天中午不到
报纸就卖光了……可是
你这是站着说话不腰疼
我哪儿有闲心看球啊?
白天待在这个蒸笼里
守上整整一天
热得快要中暑
晚上收摊回到家
吃了老伴做的饭
洗洗就睡了
睡得跟死狗似的
还看什么世界杯！”

2010

现实勾起回忆

小时候
我是先听说
“马蜂窝捅不得”
才有那次冒险行动
一根木棍捅过去
撒丫子就跑
等到跑回家
头上顶着六个包
疼得龇牙咧嘴
隔日的复仇行动
我采取了火攻
还是用那根木棍
挑起一块点燃的抹布
直接蒙盖到马蜂窝上
撒丫子就跑
等到跑回家
头上的包
也只增加了一个
竟然一点都不疼
七个包都在欢叫

2010

世界的角落

一个人
面对一堵墙
踢球
射门练习
踢到酣时
猛然想起
小时候
父母单位里
那个踢球最好
教我最多的叔叔
已经不在人世了
去年春天
父亲去火葬场
参加的追悼会
不就是他的吗
这时候
我这个无信者
条件反射般
在胸前画了个十字
表面上看

像是在模仿
球星的动作
然后踢得更猛了

2010

神迹

我在网上
对一个傻子说
西安在修建地铁
从地底下挖出了一块
唐朝的碑
上书：“伊李沙白”
我闻此讯后决定
今生哪儿也不去
永居长安

这个傻子信了

说老实话
我的杜撰
也并非凭空而来
大约两年前
一个匿名者
在我博客里

留下这四字

然后一去不返

任其流传

2010

挑战

在德国女作家余蒂娜的博客里
在她游历伊朗所留下的
几篇文字中
我注意到四个字
是她对该国及其人民的评价
——“善良轴心”！
是对话语强权的挑战
微末如离离原上草
能点燃夜空的闪电

2010

冬至

那时我正在写作
忽然怔住了
那是听到一种
有节奏的敲击声
自楼上传来
哦！我听得分明
那定然是
楼上独居的
孤寡老人
在剁饺子馅
我的胃泛起
温暖的潮水
这座冰冷的新楼
像个输液的植物人
在打击乐里
恢复了记忆

2010

辋川

高速公路路牌上
刚一出现此地名
便见有人
头戴斗笠脚穿草鞋
横穿而过
便听有人
声泪俱下一声高呼：
“王——维！”

2010

金丝峡传说

相传李白乘鹤西去
托身为天马一匹
无不思念着
长安与秦岭
便踏空而来
跑到酣时
身上冒出莲花云
淌下墨汁汗
好一匹汗墨宝马呀
其中一滴
滴落在秦岭南麓金丝峡
这一块凸起的山崖

以上传说
乃李白传人伊沙原创
沙于庚寅年暮春某日
攀上此崖

信口诌来

分文不取

传于后世

2010

智慧

宗显法师是个有智慧的人
他应要求讲述
自己当年出家的往事
像在写一首诗
一首口语化的现代诗
那黄昏的寺院
僧侣们的晚课
让他感觉到幸福
那身上世纪九十年代初
还十分稀罕的白西装
决绝地自剃
一头摇滚青年的长发
充满细节的人性叙述
令我怦然心动
而真正让我见其智慧的
是他对一位自称
正徘徊在基督与佛陀之间的
女士的回答：“信基督吧！”

2010

菩萨：觉悟的众生

南岳深处
九峰之间
莲花掌心
广济禅寺
明月高悬
夜阑人未静
到此修炼一昼夜的
六十名骚客
六十名菩萨
分居于客房
尚未歇息
各忙其事
露台上人最多
十个菩萨
一边吸烟
一边争论
担当还是不
其中一位
来自广西的男菩萨
刚刚谴责过一位

北京来的女菩萨
穿得太少
袒肩露背
刚巧对方是名
在家居士
真觉得自己错了
去找法师认错
这就错上加错
或许原本无错
现在错了
她在第二天
惩罚了自己
足蹬高跟鞋
登上衡山顶
像一场自虐的酷刑
广西男菩萨
因此变得臭不可闻
再也无人搭理
就在这十名菩萨
正在争论的时候
有个湖南菩萨
来到寺院中间
唱起了山歌

呕哑啁哳难为听
在会上
他老想用其破嗓子
呼喊革命口号
可疑的人
醉翁之意岂在诗
有两个河南菩萨
偷偷溜出寺门
在伸手不见五指的山路上
向上爬了三百米
摸到一家事先打探好的农家乐
酒肉穿肠过
煮酒论狗熊
醉眼看江湖
凌晨五点方才归来
进院后得见
一个广东菩萨
和一个四川菩萨
沿着走廊
来回踱步
忧虑现代诗歌的现在
畅想中国文化的未来
像是一场思想秀

搞得众菩萨中神经衰弱者
迟迟睡不着
在某间客房之内
一个陕西菩萨
在对一个山东菩萨
和一个天津菩萨
大讲诗坛八卦
江湖趣闻
神乎其神
他在睡前沐浴时
在卫生间里
见缝插针
干了一件
不可告人的小坏事
阿弥陀佛
这天晚上
有八个菩萨在磨牙
有十八个菩萨在说梦话
有二十八个菩萨在打呼噜
全体菩萨被蚊虫叮咬
蚊虫也是菩萨
另有三个菩萨
私自服下安眠药

其中一个女菩萨
吃了药还睡不着
开始默诵《心经》:
“观自在菩萨,
行深般若波罗密多时,
照见五蕴皆空,
度一切苦厄。
舍利子,
色不异空,
空不异色,
色即是空,
空即是色……”

2010

红叶

在大箭沟的山坡上
我看见一片红叶
并为之惊叹
同行者说：
“这算什么
还有更红的！”
我暗想：
那又怎样
是这一片
而不是另一片
叶子
红到了我心里

2010

送寒衣的妇人

寒食节当日我去首阳山公墓
给天上亲人送去寒衣

在相邻的墓碑前看见一个
年约五旬的妇人正在焚烧纸衣

她一边烧一边念念有词：
“爸爸！大哥！二哥！冬天到了……”

我瞥了一眼：那的确是个合葬墓
“爸爸”在上、“大哥”在右、“二哥”在左

妇人烧完纸衣和纸钱
用专门拎来的塑料桶中的水浇一左一右两棵松树

“大哥！瞧你霸道的
人死了还这么霸道！”

哦！我在第一时间
领悟了她的笑言笑语

她是在说：右边的松树
要比左边的长势迅猛高大许多

天上的亡灵！请原谅我这个有心人
我在妇人离去之后窥探到她家的碑文

这爷仨死于同一年
死因未铭

2010

因果

那一天
我们谈了
一下午
仓央嘉措
也没顾得
看一眼窗外
傍晚时分
走出门去
天在下雪
大地老去

2011

静电

在饭店门前
斜刺里杀出的
只能是乞丐
他们精于此道
这个午后
在高新二路
湘水肴门前
猝不及防
猛然杀到
我面前来的
是名老乞丐
一把伸出他那
废弃假肢般
肉泥难分的脏手
什么话都不说
更像个讨债者
我也像欠了他似的
赶紧从口袋里
摸出一块钱
塞到他手里

两手相触
啪的一声
静电产生
打得我手生疼
反观老头
浑然不觉
抽身而去
他的手
真如假肢

2011

悼小招

家母离去的那年
我初次领略到
春天的残忍
希望的季节
形同万刃刀山
有人爬不过去
自甘坠落者
往往是诗人

小招，难道是
春天的死神选择了你
你选择在情人节离去
在那个注定无情的情人节午后
这令我难过
非诗的傻子
才会以为这是巧合
噢！原来绝望之后还有愿望
崩溃之后还有梦想
还会精心选择日子
还会在桥上徘徊

我知你希望在天上能够看见
人们在谈论你
另眼相瞧你的诗
噢！这多像是你在去年秋天
跑来长安跪诗的行为艺术的延伸
那一天你在我的大学
向我下跪时我没有出现
我所受过的教育
不会让我出现
我的天性
不会让我出现
也许你深知这一点?

唯一的见面是在前年秋天
长安市上某酒家
那个由我做东的乱局上
你微醺而来
大醉而去
杯盘狼藉的饭桌上
当你秀完左小祖咒难听版的
《乌兰巴托的夜》
再秀完从阿坚师傅那儿学来的
筷子打击乐

眼里素来不容沙子的我
对这种京都文青标准秀
并未流露反感
只因为我知道
有一颗痛苦不堪的灵魂
正像丸子一般
在咕咕的汤锅里滚沸

我怎会忽略这样的细节
从你匍匐在地的尸身上
搜出的是两纸招工简章
(而非海子式的《瓦尔登湖》)
最终打垮你的就是这个?
也许你的道路
打一开始就错了
你该从忍受一所大学
学会忍受社会
忍受这无爱的人类
从沉入井底
而非只图宣泄的写作中
找到真正的快乐
那是生命的极乐

但是我的经验
又怎么可能通达于你
再说我有什么资格
敢去给他人指路
前年夏天
我的一名学生
从我上课的教室走出去
纵身一跃而下
直扑大地

我知
我所能做的
也只是在未来的某一天
在奔赴湘西的旅行中
顺道去了你的家乡
在青翠欲滴的山间
芳草掩映的乱坟中
寻找到你的墓碑
那碑有着你的脸型
令我想起你活着时
犹如一块廉价的墓碑游走
这世上所有活着的人

都是一块块游动的墓碑
死后才找到自己的脸型
我双膝触地
还你一跪

2011

鬣狗的胃液

十二年前
丧胆手术
我的胃液
被导出来
望着透明圆罐中
黄黄的酸液
哦！我的胃液
就是它消化了
我吃下的那么多
那么多不洁之物

这些年里
儿子受我影响
爱看足球赛
我受他影响
爱看动物片
当我在一部介绍鬣狗的片中
了解到鬣狗的胃液
是地球上所有生物中最强的
我便爱上了
鬣狗

一位美国诗人说
诗，需要一个强健的胃
来消化水泥、石油啥的
于我心有戚戚焉
我呢，想接通一个导管
给我诗的胃里
直接导入鬣狗的胃液
就能够消化
腐肉、皮毛、骨头
饥荒之年还能消化
土块、朽木、石头
并且无惧任何细菌

在生命的最后时刻
胃液消化了胃
消化掉无
诗——得以永生

2011

日本大地震

春天发情的死神
披头散发闯进邻家
开一场死亡的假面舞会
向我发来樱花请柬

我承认
我纠结于世仇
在魔鬼面具
和天使翅膀之间
徘徊良久

哦！戴上魔鬼面具
我心也不是魔鬼
安上天使翅膀
我就是天使飞翔

2011

春

公车站上
并肩站着两名
双胞胎美少女
其中一个
小脸气得通红
冲另一个骂道
真像在骂自己：
“你竟敢冒充我
去和他约会
太不要脸了！”

满街的桃花开了

2011

故地重游

一个饭局
设在石油学院附近
我二十年没有到过的地方
已是如此繁华
整整二十年前的春节
我踩一辆破旧的单车
载着未婚妻
载着年货
穿过一片荒凉的田野
来给住在该学院家属楼里的
我的顶头上司拜年
求他分给我一间
用来结婚的房子
结果总算如愿
给了一间十三平米的小平房
二十年前
我，多么年轻，强壮有力
妻，多么美丽，腰围一尺九
但是我们没有觉得自己年轻
二十年前

我们多么贫穷，存款为零
但是我们没有觉得自己贫穷
唯有快乐
唯有快乐
唯有无须在日后改叫幸福的快乐

2011

关注

眼下是冬天

一个在春天
死去的诗人
刚才
关注了我
吓了我一跳

在微博世界里

2011

丹凤记

山美
太阳点亮灯盏的青山

水美
水草长袖善舞的绿水

人美
木槿花开庭院的少女

有鬼
江岸上垂钓者

钓到一条大鱼
正在大口生吃

2011

最好的发言

美丽的
在国家电视台做主持人的
摩洛哥女诗人
法蒂哈·莫奇德
她的行李在巴黎转机时
不慎遗失了
她在发言中
提及此事
用好听的阿拉伯语说：
“这是中国
古代的先哲
在启示我：
丢掉多余的行李
不过都是身外之物！”

2011

小舅子

小舅子
房产商
我当年的粉丝
出口成诵《车过黄河》
我当年的支持者
即使在他爹反对他姐
嫁给我这个汉族青年的当年
他也坚定地站在我一边
国庆回去省亲
见到这位老总
正读我的长篇
《士为知己者死》
喜欢得不得了
喷着满嘴酒气
劝我说："姐夫
你就专心写小说吧
别写什么诗了
你现在的诗

没激情

除非你跟我姐

离婚”

2011

老丈人

我很内疚
去年他老人家
脑溢血突发
我都没有回来
（忙是永远的理由）
现在只能探望
带着后遗症的他
我在半夜到家
直奔他床前
叫了一声：“爸！”
他伸出青筋暴露的双臂
用双手紧握我的双手
眼中闪烁着千言万语
口中只吐出两个字：
“稀——罕！”

驱车向前

我喜欢
在夜幕降临时
抵达并进入
一座城市
不论在异国
还是在祖国
赴他乡还是
回故乡

2011

大足石刻

我擅自闯入
石头氏族
惊见石人
在拜石佛

2011

月光光

在岭南
在粤东
在十一月还绿油油的田野
在九曲十八弯的乡间小路上
一个黑黝黝的少年
坐在牛车上吹竹笛——

“月光光照池塘
虾崽你乖乖睡落床
听朝阿妈要赶插秧啰
阿爷睇牛佢上山岗喔
虾仔你快高长大啰
帮手阿爷去睇牛羊喔……”

虾崽不急于长大
长大了阿姐就要出嫁
就像此刻
阿姐把牛车赶得很慢

也能到达远方的山岗

就算到不了的话

不也是和阿姐在一起

2011

心境

在课间
在教学楼的
一扇窗前
瞭望终南山
望见十年前的春天
仿佛上辈子
感觉是上辈子
是你希望那是
上辈子
恍若隔世
好把握
眼前的安宁

2012

蒸螃蟹

戴上有刺的胶皮手套
将四只横行的螃蟹
一一抓进铝合金蒸锅
坐上凉水
打开煤气
我便逃也似的
撤出了厨房
还将厨房拉门
拉得死死的

生怕有一丝声音
传出来
来自蒸锅里的螃蟹
来自螃蟹腿挣扎着
划过铝合金蒸锅
那是一种可怕的声音
比用手指甲划玻璃
更要人命

十分钟后

我回到厨房
关掉煤气
揭开蒸锅
好香啊
我将四只一动不动的螃蟹
一一夹到盘子里
端上餐桌

吃饭时
儿子发现："螃蟹腿
都是断的
正好不用掰了……"
我的手哆嗦了一下
像被螃蟹钳夹住了

2012

在古人画的地图上

岛被画成山的样子
波浪线表示海
古人画的地图
像孩提时代的
小人书
令我会心一笑
不再咬牙切齿

2012

大理的云

我们住在苍山脚下
抬头可以望见雪峰的地方
我们在饭后散步时交谈
他回过身跟我说话时
有一朵云正低低地
停在他后脑勺上方
云在动
他不动
于是他说出的话
就像是给云在配音
云变成一条狗时他汪汪叫
云变成一只猫时他喵喵叫
云变成 UFO 时
他发出一种奇怪的声音
是我从来都没有听过的

2012

懂得

在大理
在洱海边
当彩云抚平我们
被风吹乱的头发
一个女人
对另一个女人说：
“他写了那么多
他的眼睛
却很清澈……”
我知道
她们在说我
但装作
没听见

2012

木棉花开

你说木棉花
快要开了
我没有当回事
我以为在南国
春天永驻
万木常青
好花常开
随后
我便亲眼看到
木棉花开
大地之上
河道之侧
绿色之中
那人间的画板上
调制不出的红啊
热烈的忧伤
性感的寂寞

2012

三只打火机

到达拉萨头两天
我先后买了
两只打火机
一只上贴罗本
一只上贴梅西
都不好使
差一口气
在这雪域高原
在这世界屋脊
连打火机
都有高原反应
连足球明星
都熄火了
但是第三天
我们登上布达拉宫
然后下来
在它下面的
小商店里
买的打火机

却没有任何问题
它的上面
贴着活佛

2012

住在灵隐寺附近

会议通知上说
我们将住别墅
我们确实住的是
杭州的乡间别墅
会议通知上又说
我们将住在
灵隐寺附近
三天里
未见灵隐寺
如何能够
证明这一点呢
哦！某个下午
天在下雨
我撑着伞
出门买烟
在别墅区的小超市里
看见三个小和尚
交头接耳
也在买东西

2012

二郎山记

在那高高的山上
有一只火红的狐狸
眼中放出一道闪电
口中吐出一场暴雨
让十六年前
我犹在的青春
自山坡上滑落

2012

曾国藩

我去了他的故居
让我最感震撼的
不是那里的建筑
不是巨大的荷花池
不是他一生
辉煌的战史
甚至不是他的
等身之著
而是他的字
不是什么“书法”
就是字
只是字
除了正
就是直

2012

罗浮山

神不在庙里

神是坐在观光缆车上
吹肥皂泡的小女孩
神是飞向层峦叠嶂
小太阳般镶金边的泡泡

神是半山坡的小店里
泡在药酒里的老鼠崽
是泡了一年后揭开瓶盖
一口把人咬死的不死蛇精

装神弄鬼的人心中没有神

2012

三门岛

我每登
一座岛屿
为什么总会有种
已经来过的感觉
并非在前世
就是在今生
恍若在昨日

2012

远方

夕阳，火红的蛋壳
飞机，破壳而出的
一只只火烈鸟……

如上画卷
是去年夏日的一个黄昏
我低头吃着上海大馄饨
猛一抬头透过浦东机场
候机厅的大玻璃窗
所看到的……

哦，当时我刚从长安飞来
在等一位上海的友人
从城里赶来与我会合
然后一起飞向
遥远的巴尔干……

我知道：是远方

让眼前景物也美丽起来

并让我在一年后的此刻

还能猛然想起

2012

白雪乌鸦

北京，铁狮子坟的早晨
刚下过一夜的雪
我脚踏一片洁白
朝着校园深处行进
忽然间
扑棱棱几声响
一个飞行小队的乌鸦
落满我脚下航母的甲板
哦，白雪乌鸦
仿佛上帝的画作
让我搓着手
呵着热气
准备将它卷起来
带走

2012

湿地

沿着公路
驱车向前
来到这片湿地
那是黄昏时分
夕阳正在离去
清风徐徐而来

我们中间
有位少女
把脚伸进小河里
撩起水花，说：
“怎么办?
我爱上了一个人！”

我们中间
有位少年
仰面躺在草甸上
吹着口哨，说：
“等我死了
就把我葬在这里！”

2013

一个杀人犯在我脑瓜里呆了三天

他是个农民
在本村杀了
一家四口人
连夜潜逃
沿村边小河
一路逃窜
只走河堤
进入大河流域
沿着大河
继续前进
如此线路
让他躲过了
警方所有设卡
四面八方
围追堵截
一个月后
来到海边
眼瞅大河
没入大海
那是他此生中

初次见到大海
是黄的
不是蓝的
感觉特没劲
徘徊了一整天
他跳海自杀了

2013

台湾的灵魂

在台北
一家面包房
在卖蒸馒头
看得我
眼热心跳
紧咬牙关
不去问导游
为什么
我怕他
答得不到位

2013

纸

来自祖国大陆
五湖四海的诗人们
来到广兴寮纸厂
将他们各自带来的
珍贵礼物——
树叶、花瓣、枯枝、泥土、手稿……
汇聚在一起
亲自动手
用原始的手工制成一张纸
然后把这张心愿的纸
带到佛光山
敬献给星云大师
当构成这张纸的上述元素
被一一报上名来
只有一个元素
令在场的僧侣、尼姑、佛学院学生
发出“哇——”的一声尖叫
那个元素
是我爱子的一绺胎毛

2013

高雄佛光山现场题诗

1

我在菩提树下
抽烟
喜悦如莲
我自在了

2

法师说：
“佛光山的鼓
是树皮做的……”
我听出来了
大素的鼓声

2013

2013年3月11日晚11时
澳门皇都酒店1030房间内

没有任何预兆
我忽就迷瞪了
从郑家大屋的
朗诵会
回来不久
一觉醒来
竟在床上
我记得迷瞪之前
我是坐在沙发上
喝咖啡来着
手表显示
午夜刚过
我的时间
像是莫名其妙
被挖去了一小时
顺手翻看
文学节的节目表
想知道明天玩什么
顿觉后背发凉

恍然大悟
哦！刚刚离去的日子
是 2013 年 3 月 11 日
是我亡母的第十六个忌日
我被挖去的一个钟头
正是母亲离去的时间
母亲离去的那年
儿子还不到两岁
在后来的三年里
他每年每到这一天
这个时间段
都会发癔症
闭眼大哭一小时
怎么叫也叫不醒
父亲说：“不要紧
是奶奶来看孙子了！”
哦，妈
您今儿是有空
来看儿子了吗
竟然跟到澳门来了
无须签证很方便是吗
妈，您是不是看我累了
催我入眠

妈，放心吧
我不累
很开心
但如果您能活过来
那才叫幸福

2013

即景

衣柜顶上
一双
颓靡的
肉色丝袜
膨胀起来
灵魂之足
开始行动

2013

富豪区

在海口
我们住的酒店
坐落在富豪别墅区
这个季节
空寂无人
如同死城
这个上午
我和唐欣在此散步
我说：“住在这里
写作——恐怕
只适合写
灵异小说……”
话音未落
一座名叫
“法官之家”的别墅
闯入我们的视线
让我心中的女鬼
找到了冤死的理由
和复仇的对象

2013

宅男在家

我发现
家中最热闹的地方
是卫生间
每次我拉屎的时候
都能听见
楼上或楼下
邻居家的声音
电视机里
传出的声音
吵架的声音
剁馅的声音
叫床的声音……
(最后一项
属于幻听)
我望望四壁
便明白了
此处管道多多
声音由此传来
但是当我起身

擦完屁股

却发现

我所听见的声音

全来自马桶深处

2013

全是坏人

我见过好人嘴里的坏人
确实是个坏人

我见过好人嘴里的好人
居然是个坏人

我见过坏人嘴里的好人
果然是个坏人

我见过坏人嘴里的坏人
比他本人更坏

2013

二泉映月

三年前的夏天
我和儿子
常在小区的空地上
踢球
一个十岁左右的
小男孩
老是跑来参与
他是小区看车库的
老师傅的孙子
说话有点大舌头
那个火热的
属于世界杯的夏天
我们疯狂踢球的行径
被人一连投诉了两次
也就不再踢了

三年后的夏天
我总是独自一人
头顶烈日
在小区的小径上

绕圈暴走
“你你你
怎怎么不踢球了？”
有人大着舌头问我
我才认出是那孩子
他长大了三岁
我才看出是个傻孩子
“你在哪儿上学？”
“我我我……不上学”

到了晚上
小区闷热的夜空中
响起了生涩的二胡声
依稀能够听出
是瞎子阿炳的
《二泉映月》
除了我
大概无人知晓
是这傻孩子拉的
他在地下车库顶上
跟随爷爷学艺

2013

在江油的饭局上

酒喝得差不多了
一位本地诗人说：
“容我说两句酒话
在座的诗人
都写不过伊沙
伊沙的诗
我能记住五首
其他人最多
只能记住两句……”
只听哗啦一声
桌上一半的人
一下站了起来
愤然离席而去
我右边那个
还撂下一句
“话不投机半句多”
我左边那个
有点气糊涂了
竟然鼓动我：
“伊沙——走！”

我如惊弓之鸟
无辜地望向四周
心想：至于吗?
又不是李白在宣判

2013

品位

小时候
我想当一名
卡车司机
(那是未被完全
洗脑时的理想)
除了开的车大
我还羡慕
他们都有一个
长长的炮弹般的
大茶罐
泡上一大罐
褐色的茶水
随时拿出来
咕嘟一大口
然后就长大了
司机虽未当成
如此“炮弹”
还是弄了一枚
它令我的生活品位
迅速下滑

咖啡久未品尝
功夫茶早被遗忘
葡萄酒不够过瘾
此时此刻
若你来到我家
走进我的书房
会看见一个家伙
赤膊上阵
正在写作
挥汗如雨
就用挂在脖子上的
湿毛巾擦擦
过上一阵
拧开“炮弹”
咕嘟一口
不像作家
而像一名
跑长途的
卡车司机

2013

眺望

阳台之上
我在眺望
在眺望中
我想起来
我爱眺望
总是眺望
记忆之中
充满眺望
但想不起
眺望什么

2013

诱因

有三条路线
可以进入我住的小区
我老爱走西边那条路
别人不爱走
别人不爱走的原因
显而易见
由此路走
要经过一家火锅店
的厨房后门
从里面会飘出一股
呛鼻的泔水味儿
令人作呕
而我知道
捏着鼻子
穿将过去
就会迎来
一路柳荫
好像绿巨人美女
夹道站了一排

深鞠一躬

垂下秀发

迎我回家

2013

关注

我在我居住的城市
和到过的一些地方
在北京，在广州
在台北，在澳门
在伦敦，在鹿特丹
当我走在街头
总会在某个公车站
稍作停留
我在关注
上车下车的人们
芸芸众生
平头百姓
一定是下意识地
觉得：我与他们
同属于一个阶级

2013

黑暗中的预言

——致维马丁

大约二十多年前
那一定是
我文学生涯中
最黑暗时刻的抱怨
带着不平与无助：
“怎就没有翻译家
看上我的诗？”

“急什么？”妻说
你的翻译家一定是
你的同龄人
他们现在和你一样
还在黑暗里……”

2013

张楚演唱会

全场数千观众中
我只注意到她一个——

一位少妇，扁平的脸，并不漂亮
个子不高，衣着干净，独自一人
手中举着一面小小的
小小的朝鲜国旗
她小小的躯体随着摇滚的音乐
轻轻地左右摇晃
她的神情无以名状

台上歌手（我的朋友）引吭高歌
《上苍保佑吃完了饭的人民》

2013

腊八节

“各住户请注意
请到小区广场领粥
不用带碗带盆
物业给大家备了桶……”

那时我正在写作
楼下有人叫起来
声音从电喇叭里传出
升到我九层楼高的窗外
像霾一样悬浮在那里
我啥都没有想
撂下手里的活儿
穿上裤子和外套
下楼领粥去了

来到小区广场
见已排成长队
我在队尾排了五分钟
发现不对劲
全是老太太

(连个老头都没有)
站在冬日的寒风中
我赶紧朝回跑

但是——晚了
这是腊八上午的事
妻的电话中午打来
从她单位：
“你就别丢人现眼了
有人已经打电话给我了
说你跟老太太一起排队
等待施粥……”

2014

徐爷

大酒加主持令我失声
遂决定将次日上午
到衣冠冢公祭李白时
领诵祭文之大任
交给徐江
(这堆诗人里
上过话剧舞台者
只有我和他)

次日一早
他给我看
经他删改后的公祭文
我见其唇上添了新伤
划出一道不小的口子
“咋回事？”
“没事儿
刮胡子刮的”

后来
公祭结束

他从一扇窗玻璃上
看到自己唇上的口子
说："哎，真不小
不过也好
祭祀时总要献上
一颗砍下的猪头！"

2014

话

一番话
说出来
被听到
化在了
我心里
成秘密
不能写
写出来
即亵渎

2014

课堂上

我开始朗读
布罗茨基
为阿赫玛托娃
诞辰一百周年
所写的诗
左前方的
一位女生
开始说话

我读到中途
她还在
喋喋不休
我心想：
“我活八辈子
都不会爱上一个
不尊重诗歌的
女孩……”

诗读完了
我抬起头

望着她
她还在说
我听见她说
“我妈跟我姨……”

我忽然失去了控制
冲她大声吼叫道：
“什么七大姑八大姨的！
你让我看见了
一个十八岁的碎嘴子大妈！”

2014

从日航新世纪酒店窗口望首都体育馆

它已经
不那么雄伟了
但依然
令我砰然心动
有多少美好的
青春记忆
像其四周的柳絮
依旧飘在这里
1987 年 5 月某夜
我在现场
目睹了中国羽毛球队
首次囊括
世锦赛全部五项冠军
看杨阳打败弗罗斯特
李永波、田秉毅
那时还是队员
首夺男双世界冠军
比赛结束后
我骑着一辆破单车
在午夜的北京街头

在车流中
狂呼乱喊：
“中国万岁！”
也是在那一年
我和一位小妹妹
一起看西北风演唱会
“我的故乡并不美
低矮的草房苦涩的井水……”
腾格尔的歌喉令我热血沸腾
散场后
我没有把她送回家
只是送上了一辆夜行公车
是更负责任的表现……
哦，有人敲门
朋友们来了
我必须离开窗台
去把门打开
哦，我已多久
不曾睹物思情

2014

人民

下午散步时间
我从丰庆公园东门
走出
看见马路边有个少妇
支在单车上打手机：
“喂，陈园长
你只要把我娃收了
我在五万赞助费之外
再给你个人一万块
咋样？……”
在其身后
单车后座上
坐着一个
三四岁的小男孩
我沿路向前走出
一段路之后
在夏日午后
暴晒的阳光下
有点想哭
不是出于心有感动

而是因为不为所动
见惯不惊
习以为常
我想向我也身在其中
逆来顺受忍辱负重的
伟大人民
致敬

2014

使馆区的黄昏

夏日
黄昏时分
我独自一人
走在北京
第三使馆区的街道上
走过韩国大使馆
走过文莱大使馆
走过马来西亚大使馆
走过印度大使馆
走过法国大使馆
来到美国大使馆门前
我与站岗的
解放军战士
攀谈了几句
搞清楚
次日早晨的排队地点
然后便向回走
朝着我刚刚入住的
如家酒店
正是在向回走的途中

在夕光里
我想起了我在京的朋友
但并不打算联系他们
倒不是因为深谙
成功无法分享
失败无法分担
的道理
我就是想独自一人
清静地待着
看两场世界杯
在被美国拒签十年以后
等待自由女神的再次裁决

2014

情人湖

高原风过
情人湖面起涟漪
你的心刻满皱纹
十年前便老了
当你进入小说季
你曾对自己说：
从此你是写小说的
再也不要充当
小说人物

2014

德令哈

黄昏时分
漫步小城

在高高的古楼下
一户汉族人家
在打羽毛球

城中心的广场上
一队藏族大妈
把锅庄搬上舞台
“北京的金山上……”

晚霞落满商业街
两个蒙古族少女
一个丰满
一个高挑

“这不是雨水中
一座荒凉的城”
同行的诗人说：

“恍若静谧安宁的
北欧小镇……”

“把自己内心的
悲痛与荒凉
强加于一座城的
绝非大诗人
而是学生腔”
我说：
“很多时候
欧洲之美的掌故其实
已经配不上中国大地上
某些绝美的角落……”

这里城市空寂
人民安闲
叫人不忍打扰
我生怕那从高音喇叭里
爆出的充满暴力
歇斯底里的
法西斯抒情：
“姐姐，今夜我不关心人类，我只想你”
惊扰到他们……

那蹲在巴音河畔烧纸钱的妇人
就是“姐姐”吗?
诗人们
请不要自作多情
巴音河奔流不息

2014

惭愧

十八年来
儿子成长的
每一步
我都操碎了心
但也只是
操碎了心
而其母
永远在行动

2014

飞越太平洋

从中国到美国
从北京到底特律
我以为会飞越
辽阔太平洋
但却发现
我所乘坐的飞机
基本上都是在
陆地上空飞行
从北京向东北飞
在哈尔滨上空
我看到一片灯火
继而进入俄罗斯
飞越外兴安岭
飞越堪察加半岛
飞越白令海峡
(唯有这窄窄一绺
是在海上飞)
进入阿拉斯加
(就算进入美国啦)
飞越科迪勒拉山系

进入荒原连天的加拿大
然后转向东南飞
很快便降落在
绿草如茵
别墅如麻的底特律
听说从前
原本居于蒙古高原的
爱斯基摩人
就是沿着这条路线
最终抵达美洲的

2014

在伯灵顿的森林中

在伯灵顿的森林中
(这座城市
就坐落在森林中)
每一颗参天大树上
都上蹿下跳着
一只小松鼠
吓了我一跳
又吓了我一跳
反反复复
不停地吓我一跳
起先我是为它们的
突然出现而受惊吓
后来我是为它们
根本不怕我
而感到害怕

2014

异国小镇

“看见这种小镇
我总有一种
恐怖的感觉
也许是
美国电影
看多了……”
我对维马丁说

他回答：
(没想到)
“我也是”

“奥地利有没有
这样的小镇？”

“有啊，很多”

“你看见它们
会不会有这种
恐怖的感觉？”
“会有”

“为什么?
那可是你的祖国啊
是你再熟悉不过的地方……”

“因为里面
会住有新纳粹”

2014

落叶

佛蒙特的深秋
红枫树叶
红得落了
落满绿山山谷
让迷路者取暖
或将其埋葬

2014

旗帜

我、维马丁、朱安
在绿山深处散步
途径一户人家
看见门前
插着一面星条旗
(美国国旗无疑)
还插有一面枫叶旗
(并非加拿大国旗)
我问他们：
“这是什么旗？”
奥地利人维马丁说：
“这可能是家族的旗帜”
“不”美国人朱安说：
“这是季节的旗帜
——枫叶旗是秋天的旗”

2014

在美国再忆钟品

在佛蒙特创作中心
马夫瑞克工作楼前
一只小松鼠
窜上了高大的枫树
我想起了你
我想向世界
提供一个证明
即使在这个时代
也还是有人
在为没有做成诗人
而不安宁
而不快乐
那便是你
这听起来
仿佛冬天的童话
但此人间
哪有童话
事实是你在
二十五年前
就曾对我说过：

“我是享乐主义者
不会满足于做个
穷诗人……”
所以说起来
你是什么都想要啊
从凡夫俗子
从芸芸众生
我也就释怀了
一只小松鼠
从高大的枫树上
一跃而下
与我对望
小眼睛里
只有欣喜
没有恐惧
是你升入天堂的
灵魂

2014

在天涯

紧抱不放啊
祖国
在电脑里

2014

与布考斯基同行

创作中心
禁毒禁酒
室内禁烟
遇到性骚扰
可打专用电话
我对维马丁感慨道：
“即便是布考斯基
那么大的腕儿
也得自个儿买酒喝
这在中国
不可想象……”

后来我们找到了
镇上最大的超市
里边有各种酒
我们替老布
松了一口气
再后来我们
又找到了
加油站前的小超市

距中心更近的距离
我们又替老布
松了一口气
再再后来
我们发现了一家
酒的专卖店
品种齐全
还更便宜
到此
我们几乎可以断定
老布在佛蒙特创作中心
日子过得很幸福
喝好了
写好了

老布幸福了
我们也就幸福了

2014

印象

我在工作楼的椅子上
晒太阳、抽烟

一个美国画家从楼里走出来
他说："哈喽！"
我回："哈喽！"

我看见其背影
消失在通往小镇的方向
灵感突如其来
返身进楼回屋
写下一首诗

一诗打通了血脉
一口气写了三首
在一个小时之内

兴奋异常
走出屋子走出楼
又来到椅子上
抽烟、晒太阳

画家从小镇的方向
姗姗而归
手中端着各色颜料
见我还在那儿
便笑起来："哈喽！"
我回："哈喽！"
我敏感到他的笑意
比一小时前丰富

在洞悉人性恶方面
一个中国人的敏感
（何况中国诗人呢）
通常是没错的
几天后我听说
这位男画家对一位女作家说：
"这个中国诗人整天晒太阳
很懒惰——不像中国人"

2014

致一位刚入美籍的华裔艺术家

才离开中国六年
你就装样道：
“那个月亮代表什么心
怎么唱来着……”
是的，你想在自己身上
在这些美国人面前
抹去与中国有关的一切
不过是为了更好地生存
做一名合格的美国艺术家
这就像我想把中国的一切
全都担在自己诗歌的肩上
不过是为了更好地发展
终成梦寐以求
舍我其谁的
中国的诗魂
这都没什么
我四十有八
大叔一枚
严于律己宽以待人
完全理解你选择的人生

只是对自个儿斩草除根的做法
合不合艺术之道
我持不同看法
把这些写下来
也完全是出于诗人的本分

2014

回家

在从北京到西安的
航班上
在此次美国之行的
最后一程
他流着哈喇子
睡得像个孩子

2014

恶心欲吐之夜

中学同学聚会
就是一锅馊臭的
乱炖
餐后点心
是在 KTV 包房里
沙发上
交警大队大队长
一个长得像虾米的玩意
搂着我的肩膀教育我：
“你尿这辈子
把路给走偏了！”
我哭笑不得道：
“怎么着？你想开罚单？”

2014

若有所期

每逢岁末
我都若有所期
却不知
在期待什么
好像没有什么
那就是在
期待时间吧
期待它的
流逝与新生

2014

当儿子开始写诗

当儿子开始写诗
当我用自认为
最冷静客观的目光
反复审视
他在一个月内
写下的六首诗
当我确信
他有写诗的
天赋
之后
我舒了一口气
抬起头来
发现这个世界
顺眼多了
让我在瞬间
失去了
愤怒与反抗
心中再无怨言
变得失重失衡

伸出手去

想要扶住点什么

想要抓住点什么

2015

初入越南

窄窄的公路
小小的村庄
近近的海岸
远远的天边
坐在大巴车里的我
心像压了一块巨石
映在车窗玻璃上的脸
脸上的表情
有点复杂
难以言表
哦，初入越南
我最先领悟到的
是这样一点——
在侵略者眼中
不存在美景
所有美景
都先被毁灭
在飞机大炮坦克
出击之前
在其心中

2015

在越南的夜空下

一轮明月
高挂于幽兰的夜空
镰刀斧头的霓虹灯
照耀着夜晚的街道

一队中国诗人
正向咖啡馆疾走
他们要在那里
自诵献给世界的诗篇

月似故乡月
那镰刀斧头的霓虹灯
也像是故国的风景
并未远去

2015

越南风景

送来大米和大炮的
什么都没留下

还有送来炸弹的
也不曾改变什么

只有——
送来文字、咖啡和教堂的
留下了文字、咖啡和教堂

2015

在越南的东海边

在越南的东海边
有一座法国传教士
留下来的
雄伟的天主教堂
大门紧锁
未能入内
我把准备在圣父圣母圣子像前
许下的宏愿
带了回来
写在这里
百年战争
山河破碎
还它一个和平的世纪吧
给这里无辜的人民

2015

节奏

在维也纳
写作像在
弹钢琴
不由自主

2015

听音乐会

理查德·斯特劳斯的
《随想曲》
听得我想哭
终于热泪盈眶
马勒的《大地之歌》
听得我想跑
在蓝天下裸奔
贝多芬的四段华彩乐章
像巨人的四只大手
掌控一切
攥碎我心
又像巨人的脚趾
从天而降
踏过我身

2015

维也纳乞丐

如果你执意要当乞丐
那就来维也纳吧
运气好的话
你甚至可以
每天听一次
贝多芬

2015

在匈牙利想起一位故人

来到匈牙利
走在肖普朗的
大街小巷
惘然想起
一位故人
已经故去二十年的
诗人胡宽
1991 年的某天晚上
在他家里
他满面红光
目光如炬对我说
他想去匈牙利
那里的人民
整天拉着手风琴
唱歌、跳舞、读诗
浪漫极了
幸福极了
不知他是听谁说的
回头看
那一年

那个国家
正在经历
巨变后的阵痛
俱往矣
今天我来到这里
没有看见一个人
唱歌、跳舞、读诗
但我能够感觉到
这里的人民
已经过上了——
自由、安宁、富足的生活
足慰故去多年的故人

2015

世界的歌声

从维也纳乘火车一小时
便来到斯洛伐克首都
布拉迪斯拉发
走进一家
工艺品专卖店
店里播放的是
鲍勃·迪伦
哦，马丁
可还记得去年秋天
佛蒙特枫叶红了
我们在强生小镇
常去的那家酒吧
永远在放
鲍勃·迪伦
歌声将我拉回过去
也让我意识到
这里是世界的一部分

2015

又见乡愁

札幌饭店
其实是一家中餐馆
老板娘是个温州人
维也纳大学
“正义之诗”研讨会
结束后
与会者在那里聚餐
酒足饭饱
席还未散
我独自一人
来到门口抽烟
一位亚裔美女
上来借火
听其说话
是日本人
我掏出打火机
给她点烟
嘴里嘀咕了
一句什么
看她眼里

点点光亮
暗淡下去
我恍然大悟
借火不过是个借口
她是凑近了想探明究竟
我到底是不是她的同胞

2015

捷克布尔诺

登上中世纪教堂的钟楼
适逢钟声大作
震得灵魂出窍

穿过社会主义的广场
撞上粉色小楼
内有脱衣舞女

来到琳琅满目的农贸市场
有人问候道：“你好！”
是学中文的大学生

“你是游客吗？”
“我是……诗人”
“哦，诗人！能和你照张相吗？”
“当然可以”

于是

咔嚓一声

我被定格在布尔诺的春景里

2015

多瑙河之波

谁说不能两次
踏入同一条河流
我在维也纳
遇见多瑙河
在布拉迪斯拉发
又遇见了
一样的宽阔
一样的浩瀚
一样的奔流
一样的不息
一样把我拉回到童年
船上的警报拉响了
多瑙河面上
漂浮着一颗颗
神秘的水雷
我的船长
我的英雄
脱了衣服
跃入河中
将其一一推开

2015

故乡的地铁

李异从海南飞来
约我到南郊——
我们当年的老据点——
香香大盘鸡吃晚饭
为了避开下班高峰
地上的拥堵
我选择乘地铁去
当时我刚从欧洲回来不久
在地铁上恍惚了
以为还在欧洲
当我忽然看到
沿途站名是中文
是故乡熟悉的地名
一种安全感
从天而降
哦，这是故乡的地铁
就算坐错了路线
坐过了站
也没啥大不了

2015

低调

论坛时代他不发言
博客时代他不发言
微博时代他不发言
微信时代他不发言
他可真是低调啊
只发诗不发言
像个正能量的隐士
大隐隐于网
甚至像个天生的哑巴
沉默如金
可是昨天
他在某群
忽然开口说话：
(着实吓了我一大跳)
“这个，我要！”
那是有人在发红包

2015

可爱的诗人

在长安诗歌节
最近的一场中
朱剑替失聪失语的诗人左右
朗读新作
左右恭敬递上自己的手机
人也凑了过去
朱剑看着左右的手机
用其沙哑的嗓音念道：
“这首诗的题目叫做
《我不泡这个女孩》”
话音未落
朱剑脸上便浮现出
色迷迷的笑容
左右脸上旋即浮现出
色迷迷的笑容
哦，以往也是这样
左右总是用表情
配合替读者的表情
于是他俩脸上
便同时绽放出

色迷迷的笑容
那笑容真是干净啊
我的心中一片潮湿

2015

同学少年

一晃三十年过去了
爱你的依旧爱你
恨你的依旧恨你
陌路人依旧陌路
一成不变的生活
让你有点失望
有点沮丧
又把握十足
对未来满怀信心

2015

姥姥

中学女同学
其中有两个
做了姥姥
她们的微信名
都叫做“姥姥”
其中一个
在我宣布离开
中学同学群之际
在群里恶狠狠地骂我
借骂我来讨好其他人
被我看见了
此后一个月
我一直努力搞清楚
究竟是哪个姥姥
这么恶毒地骂我
现在终于搞清了
是当年曾经狂热地
热爱文学的那一个

删她姥姥！

2015

书法双人展

在我所有的字里
写得最好看的
是自己的名字：伊沙

在老秦所有的字里
写得最难看的
是他的名字：秦巴子
(咋看都像是：素包子)

我嘿嘿一笑对他说：
“谁叫我自恋
你不自恋来着……”

2015

母性

女诗人
一般都喜欢
写得差的男诗人
看起来像儿子

2015

达·芬奇

当人类理解不了
这位巨人
何以会有那么多
才能的时候
就编造了
他曾被外星人
掳去两年的故事

2015

绿豆颂

我当怀有感恩之心
永远歌颂绿豆
听父母讲
我儿时在成都
吃错过一次药
街上在武斗
子弹不长眼
去不了医院
我的保姆李婆婆
就一碗一碗地
给我灌绿豆汤
直到把我救过来
我的小命
是李婆婆和绿豆汤
给的

2015

区别

在青海
一位第三代诗人
喷着满嘴酒气
对我说：
“你是诗歌圣徒……”
我刚想表达一点异议
又听他说：
“我们只是
玩一玩诗……”
我就把那一点点异议
咽到肚子里去了

2015

在青海听我的首位英译者梅丹理先生讲述他当年初读我诗的故事

那是在 1994 年
我从美国飞到台湾
在一座修道院里
给人做翻译
翻译佛经
在那里住了三个月
就在我快要住不下去的时候
严力从纽约给我寄来
你刚出版的诗集《饿死诗人》
那时我已经厌倦了佛经
连夜读你的诗集
感到大千世界
滚滚红尘
人间烟火
如此美好
次日一早
我就卷铺盖下山了

2015

书法交流会

诗人们
在所住宾馆的大堂
举行书法交流会
将现场所写的
一幅幅书法
摆在地上晾干
一个壮汉走进来
一脚踏了上去
一幅书法上
盖上了
一个大脚印
一个诗人立表抗议
不料壮汉理直气壮
喊声更高：
“怎么着——你们
这帮当官的还让不让
老百姓走路了？！”

2015

中国书法

我发现
赤膊上阵
是找不到感觉的
穿绸衫最佳

2015

哑剧

左右在表演哑剧
我心赞："像神了！"
随即我想起
他是聋哑人
于是便无娱乐感
他演得越像
我心中越酸
这哪里是哑剧啊
这是——
他的话剧
他的歌剧
他的诗剧
他的正剧

2015

重回鲸鱼沟

整整三十年过去
我忽然回到这里
回到高考那年的夏天
我和几个中学同学
一起游过泳的
鲸鱼沟

墨绿色的深潭
潭边山坡上
那一片北方罕见的竹林
甚至于头顶上的
蓝天白云
依旧
只是那一条
一路跟着我的黄裙子
早已不见
“我的青春小鸟一去不回来”

三十年过去了
那一直飘荡在我心中的

竹林间的黄裙子
像一面风信旗
唤醒我：
“你是否也同样珍爱着
那些追随你一路前行的
可爱的灵魂？”

2015

带你去看我祖国的大好河山

春天时
马丁带我去看
奥地利、捷克
斯洛伐克、匈牙利

夏天时
我带马丁去看
中国西北：青海
甘肃、陕西

这是完全对等的接待啊
我眼中的祖国
是百年以来的现代中国
马丁心中的祖国
是百年以前的奥匈帝国

2015

与友相聚的时光

我、徐江、马非
坐在东湖边
聊天

不远处
两个渔民
在油漆
一艘小木船

我说：
“特朗斯特罗姆的能耐
就是能够写出
‘在锻造中的船头里有一丝宁静’”

东湖的湖面上
有好多皮划艇运动员
正在训练

我们离开的时候

船已漆好——橘红色的
像是夕阳
尽落在其身上

2015

武汉记忆

武汉最后一日
我和徐江
来到户部巷
吃武昌鱼

饭馆里
没有其他顾客
只有几个厨子
和服务员
闲着
聊天

其中一个
嗓子很哑
他一说话
我俩就笑
根本听不清
他在说什么
但我俩笑个不停

这是我们到达
武汉的第四天
打了不少次车
几乎每位的哥
都是哑嗓子
(这是热干面里
干辣椒的功劳吗？)

哑嗓的厨子
还在絮叨着
我和徐江
说笑着
感觉楚国
派了个摇滚歌手
一直在用歌声
为我们助兴
佐餐

2015

谁陪你睡觉

在外出差的妻
打来电话问：
“今晚谁陪你睡觉？”
“一只虱子”
我回答道

我说的是真的
今儿我全天有课
午休在教研室的
一张破沙发上
被咬了一身疙瘩

2015

上海的天空

到达上海的头天下午
在社科院
开了一下午研讨会
晚餐时进了另一幢楼
进餐过程中
我上了一回厕所
从厕所的窗子
看见上海的天空
正值黄昏
夕阳西下
红霞满天
那是不一样的天空啊
我的母亲
望着它长大
如今已经与它
融为一体

2015

霜降

天凉了
请翻开你的编年史
查查每年
在季节转换的
这个时令
嘱你添加衣服的人
是谁

2015

没见过的榜样

近几年来
我减肥的榜样
是一个没有见过面的
小三
我家的钟点工王姐
(也是她家的钟点工)
老是念叨她：
“人家真敬业啊
为了瘦
为了美
为了一周一次
与那老男人见面
真是蛮拼的
真能管住嘴
不馋
不吃
从没让我做过一顿饭”

2015

雄鸡的灵魂

黎明时分
忽然梦醒
惊闻窗外
雄鸡一唱
我有多久
没有听过
这种声音
仔细谛听
听出来了
是我儿时亲手
养大的那只雄鸡
后来被黄鼠狼
叼去的那只雄鸡
它的灵魂
回来找我

2015

有人不愿看见的一幕

早晨
去教室上课的路上
我亲眼看见
四个男生
为一个男生
让出一截楼梯
请他先上
原因是他昨晚
在微信群里
发布了一首
自己写的诗
“你没有白会背《长恨歌》啊
我们几个都白背了……”
其中一位赞叹道
写了诗的男生
面带得意笑容
昂首先上楼梯
此事
发生在西安外国语大学

而不是传说中的古长安
发生在 2015 年 12 月 28 日早晨
而不是传说中的 1980 年代

2015

打车

南宁
一月的春夜
花好月圆
我自花丛中
一跃而出
跳到马路边
打车
冲着一辆
疾驰而来的出租车
招手
它慢下来
疑惑而又惊愕地
瞅我片刻
然后一踩油门
加快速度
继续前行
这时候
从其背影

我才看清

那是一辆

警车

2016

信号

车入芭提雅
微信上
附近的人
全变成妖

2016

渊源

泰国议会的女讲解员
肤色黝黑像泰族
五官精巧似华裔
所讲中文
是泰语的语调
和语气助词
我犹豫再三
冒昧发问：
“小姐，你是华人吗？”
“是啊”
“第几代？”
“数不清了
我祖上是明朝
从中国到泰国来的
我的祖先
是郑和船队的海员”

2016

泰国狗

连狗都那么
温柔
又不似西藏
颓靡的狗

2016

新加坡之诗

当导游阿燕说：
“1965 年，李光耀先生
含泪宣布新加坡
脱离马来西亚联邦
从此独立”

我怎么听
都像是
一句史诗

2016

新加坡街头雕塑

每一个垃圾桶旁
都站着一个
身穿白衬衫的
白领男人
立正
双目空如虫洞
望向前方

嘴上的烟卷
飘散的青烟
在远处
看不见

2016

南洋

在南洋
橡胶树在夜里
默默流泪
这幅画面
从小到大
一直存在于
我的头脑中
但直到今天
我来到这里
才敢把它
写成诗

2016

吉隆坡云顶赌城联想

地球毁灭了
人类移居外星球
我是幸运的
最后一批撤离者
当我们到达那里的时候
发现先我们到达的人们
住在一座超级大赌城里
有人朝篮筐里
投掷地球仪
我告诉他们地球
已经毁灭的消息
他们哈哈大笑
弹冠相庆
原来所有的人
都为地球——
他们家园的
毁灭下了注
现在他们赌赢了

2016

故事

我带去的
木梳和牙膏
丢失了

不翼而飞

被云顶赌场
跳楼者的鬼魂
拿去用了

2016

包菜的味道

不论在新加坡
还是在吉隆坡
中餐馆里
包菜的味道
就是我家的味道
这不是
作为修辞的比喻
而是具体的事实
1927 — 1937
我的祖父吴觉生
我的祖母唐雪帆
在以上两城
侨居过十载

2016

天涯海角

不知为什么
每当我触及
“天涯海角”这个词
想到的全都是南洋
而不是西洋
更不是东洋
现在我来到这里
心有沧桑
常有泪涌的感觉
相伴

2016

啤酒加咖啡

咖啡在桌上
啤酒在桌下
在吉隆坡
水晶钻石酒店
餐厅里
我一直这么喝
平生头一回
这么喝
包黑头巾的
老板娘
支的招
她是马来人
属于穆斯林
她的餐厅不售酒
但允许我们
带进来

2016

消化

去年八月在崆峒山
我们去了一座
宋朝时建的古寺
一个老和尚
看见奥地利诗人维马丁
手臂上的金毛
忍不住跑上来
看个究竟
还伸出一只手
用拇指与食指捻住
一根金毛
轻轻揪了一小下
脸上绽放出讶异之色
微笑貌似是善意的
但也不妨碍他带着一丝
难以觉察的
种族优越感
此事在我心中
被消化了半年
我终于想明白了

已在上学期末的课堂上
讲给了学生们
智慧不能光靠悟
自悟代替不了见识

2016

经停贵阳

黄昏时分
飞机飞到贵阳上空
从舷窗望下去
华灯初上
点点灯火
组成不规则的图案
仔细观察
是凸凹不平造成的
提醒我
这是一座山城
后来我在机场
半露天的吸烟室
抽着烟
看夕阳西下
想起一本叫做《山花》的杂志
想起它的老主编何锐先生
想起 1996 年的一个冬夜
午夜过后
何主编忽然来电通知我
将头条发表我投去的

中篇小说《江湖码头》
那一夜我彻夜难眠
我不能说
我和这座陌生的城市
毫无关系

2016

诗歌课

我在现场
可以作证
安琪与马来西亚女导游
乍一见面
相看两厌
相谈不欢
相触无感
直至拜拜
这本是人与人相见后
并不罕见的现象
没道理
也无须道理
属于事实
至于有无诗意
那要看你有无
精彩的发现
但女诗人安琪
不是这么做的
她先是在口头上在私下里
说了很多对方的不是

然后又写成诗
写得冠冕堂皇
前者显幼稚
后者很新诗

2016

除夕

今年
我买了最小的一挂鞭
不是不放
而是少放
是我觉悟的体现
可还是觉得不光彩
所以我在零点到来前
出门放炮时
把手机故意撂家里
一张火树银花不夜天的照片
也不想留下
当我偷偷摸摸鬼鬼祟祟放完炮
返家途中却见一位流浪者
边走边喝半瓶酒
我想把他拍下来
才发现手机没有带
好在这一颗诗人之心
是永远揣在胸膛里的

2016

下跪

妻的外婆是一位
民间语言大师
我爱听她说话
我听她说话
佩服得不行
有一次我向她跪下了
就差磕俩响头
那是在她老人家九十四岁
去世的前一年说：
“这一辈子呀
快得就像滚豆子……”

2016

珠海追怀

十八年前
我随兼职所在的
杂志社初到珠海
带队的王老板
称其为“小新加坡”

十八年后
我四临珠海
已经去过了新加坡
我发现这是一个
蹩脚到家的比喻

十八年前
有站街女挺身而出
随意拉人的城市
怎么也不是
新加坡的路数

十八年后
大众书城里

有诗人朗诵的城市
早就大过了
新加坡的格局

好在我不是一个
信奉修辞写作的蠢货
概念先行的套中人
珠海珠海
我不曾给你留下可耻的败笔

2016

兆示

离家前
奶奶留给我的传家宝
《战争与和平》
自己从书架上跳下来
在兆示什么
两天来
我人在外
虽然忙
但却一直在想这件事
现在回到家
一脚踏进家门的同时
我领悟了

2016

炒细面

马非酷爱炒细面
每次来西安
都要吃一顿
有时还多顿
他说是因为
在陕师大
读书的当年
常吃的缘故
我总觉得
这个解释
未达身体
未达本质
是契机
是情怀
不是口感
不是味觉
昨天我在街头暴走
一头撞见
一家炒细面
忽然开悟了

哦，还是酒鬼做怪
这是主食中
最像下酒菜的一种
就像饺子就酒
越喝越有

2016

新诗百年祭

七年前
在青海湖国际诗歌节期间
有天早晨
在青海宾馆西餐厅
吃早餐的时候
我和二十多年前
在长安接待过的两位
台湾老诗人坐一桌
时间过得真快
转眼他们已成八十老翁
其中一个兴奋地说：
“今早醒来
我还有晨勃呢！”
我觉得老人家太可爱了
就说：“您应该把它写成诗”
他顿时收敛了所有的可爱
一脸严肃道：“这怎么可以写？！”
七年过去了
我在新诗百年祭时想起他来
我想说：

这是新诗百年抑或
华夏一族的局限
口语诗抑或
先锋诗人除外

2016

桥

黄昏时分
我在街头漫步
踏上过街天桥
望着滚滚车流
流入夕阳
掏出手机
拍了一张
命名为
《尾灯初上》

2016

续写家训

莫谈国事
唾弃政治
敬仰烈士

2016

小党

“嗨！”
前方十米开外
有人以近乎于
纳粹礼的手势
向我打招呼
裤子拉链
依然敞开
永远敞开
不用细瞧
必是小党
现如今
已是老党
西北第一嘴
从未去过美国
但却一口纽约
哈莱姆黑人区
标准英语
除了教学生
常被驻外大国企
聘去当翻译

此次偶见
小党将我拉到一边：
“哥们儿干得好
他们不重视你
你也不需要
他们的重视”
群众的眼睛是雪亮的
小党之言
反映了西外革命群众
对诗人伊沙的一致看法

2016

老人院

早春广袤荒凉的原野
被污染的海浪汹涌着
一座五颜六色的孤岛
上帝遗弃的童年积木

2016

球圣祭

当圣克鲁伊夫的生命
像一支万宝路香烟般
燃烧成一截灰烬
球迷们献上郁金香花环
还有五颜六色的棒棒糖

2016

道亦有别

六年前
南非世界杯期间
克鲁伊夫
给某报写专栏
在荷兰－西班牙
冠军决战前
他撰文支持
以巴萨为班底的
西班牙
被荷兰同胞
斥为卖国贼
在生身之地祖国
和倾注其一生心血的
美丽足球之间
他选择站在后者一边
果然如愿
真乃球圣是也

他给我上了一课

但我是中国大诗人
深深懂得
道亦有别
足球归足球
诗歌归诗歌
一个诗人
胆敢背叛祖国
诗会完蛋

2016

图书在版编目（CIP）数据

蓝灯 / 伊沙著 . —杭州：浙江文艺出版社，
2016.12
（伊沙诗集）
ISBN 978-7-5339-4731-6

Ⅰ . ①蓝… Ⅱ . ①伊… Ⅲ . ①诗集－中国－当代
Ⅳ . ① I227

中国版本图书馆 CIP 数据核字（2016）第 288685 号

责任编辑：闻　艺
特约监制：李淑敏
特约编辑：李柳杨
封面设计：周伟伟

蓝灯
伊沙　著

出版发行　浙江文艺出版社
地　　址　杭州市体育场路 347 号　邮编 310006
网　　址　www.zjwycbs.cn
经　　销　浙江省新华书店集团有限公司
印　　刷　河北鹏润印刷有限公司
开　　本　889 毫米 ×1194 毫米　1/32
字　　数　150 千字
印　　张　10.25
插　　页　2
版　　次　2016 年 12 月第 1 版　2016 年 12 月第 1 次印刷
书　　号　ISBN 978-7-5339-4731-6
定　　价　55.00 元

伊沙诗集

卷一 《车过黄河》

卷二 《鸽子》

卷三 《蓝灯》

卷四 《唐》

卷五 《无题》

磨铁读诗会